阅读之前 没有真相

午夜文库

阿加莎·克里斯蒂
侦探小说

阿加莎·克里斯蒂
Agatha Christie (1890—1976)

无可争议的侦探小说女王，侦探文学史上最伟大的作家之一。

阿加莎·克里斯蒂原名为阿加莎·玛丽·克拉丽莎·米勒，一八九〇年九月十五日生于英国德文郡托基的阿什菲尔德宅邸。她几乎没有接受过正规的教育，但酷爱阅读，尤其痴迷于歇洛克·福尔摩斯的故事。

第一次世界大战期间，阿加莎·克里斯蒂成了一名志愿者。战争结束后，她创作了自己的第一部侦探小说《斯泰尔斯庄园奇案》。几经周折，作品于一九二〇年正式出版，由此开启了克里斯蒂辉煌的创作生涯。一九二六年，《罗杰疑案》由哈珀柯林斯出版公司出版。这部作品一举奠定了阿加莎·克里斯蒂在侦探文学领域不可撼动的地位。之后，她又陆续出版了《东方快车谋杀案》《ABC谋杀案》《尼罗河上的惨案》《无人生还》《阳光下的罪恶》等脍炙人口的作品。时至今日，这些作品依然是世界侦探文学宝库里最宝贵的财富。根据她的小说改编而成的舞台剧《捕鼠器》，已经成为世界上公演场次最多的剧目；而在影视改编方面，《东方快车谋杀案》为英格丽·褒曼斩获奥斯卡大奖，《尼罗河上的惨案》更是成为几代人心目中的经典。

阿加莎·克里斯蒂的创作生涯持续了五十余年，总共创作了八十余部侦探小说。她的作品畅销全世界一百多个国家和地区，累计销量已经突破二十亿册。她创造的小胡子侦探波洛和老处女侦探马普尔小姐为读者津津乐道。阿加莎·克里斯蒂是柯南·道尔之后最伟大的侦探小说作家，是侦探文学黄金时代的开创者和集大成者。一九七一年，英国女王授予克里斯蒂爵士称号，以表彰其不朽的贡献。

一九七六年一月十二日，阿加莎·克里斯蒂逝世于英国牛津郡沃灵福德家中，被安葬于牛津郡的圣玛丽教堂墓园，享年八十五岁。

阿加莎·克里斯蒂 侦探作品年表

波洛系列

1920 The Mysterious Affair at Styles 《斯泰尔斯庄园奇案》
1923 Murder on the Links 《高尔夫球场命案》
1924 Poirot Investigates 《首相绑架案》
1926 The Murder of Roger Ackroyd 《罗杰疑案》
1927 The Big Four 《四魔头》
1928 The Mystery of the Blue Train 《蓝色列车之谜》
1932 Peril at End House 《悬崖山庄奇案》
1933 Lord Edgware Dies 《人性记录》
1934 Murder on the Orient Express 《东方快车谋杀案》
1935 Three-Act Tragedy 《三幕悲剧》
1935 Death in the Clouds 《云中命案》
1936 The ABC Murders 《ABC谋杀案》
1936 Murder in Mesopotamia 《古墓之谜》
1936 Cards on the Table 《底牌》
1937 Dumb Witness 《沉默的证人》
1937 Death on the Nile 《尼罗河上的惨案》
1937 Murder in the Mews 《幽巷谋杀案》
1938 Appointment with Death 《死亡约会》
1938 Hercule Poirot's Christmas 《波洛圣诞探案记》
1940 Sad Cypress 《H庄园的午餐》
1940 One, Two, Buckle My Shoe 《牙医谋杀案》
1941 Evil Under the Sun 《阳光下的罪恶》
1943 Five Little Pigs 《五只小猪》
1946 The Hollow 《空幻之屋》
1947 The Labours of Hercules 《赫尔克里·波洛的丰功伟绩》
1948 Taken at the Flood 《顺水推舟》
1952 Mrs. McGinty's Dead 《清洁女工之死》
1953 After the Funeral 《葬礼之后》
1955 Hickory Dickory Dock 《山核桃大街谋杀案》
1956 Dead Man's Folly 《弄假成真》
1959 Cat Among the Pigeons 《鸽群中的猫》
1960 The Adventure of the Christmas Pudding 《雪地上的女尸》

阿加莎·克里斯蒂 侦探作品年表

1963　The Clocks《怪钟疑案》
1966　Third Girl《第三个女郎》
1969　Hallowe'en Party《万圣节前夜的谋杀》
1972　Elephants Can Remember《大象的证词》
1974　Poirot's Early Stories《蒙面女人》
1975　Curtain—Poirot's Last Case《帷幕》

马普尔小姐系列

1930　The Murder at the Vicarage《寓所谜案》
1932　The Thirteen Problems《死亡草》
1942　The Body in the Library《藏书室女尸之谜》
1943　The Moving Finger《魔手》
1950　A Murder Is Announced《谋杀启事》
1952　They Do It with Mirrors《借镜杀人》
1953　A Pocket Full of Rye《黑麦奇案》
1957　4.50 from Paddington《命案目睹记》
1962　The Mirror Crack'd from Side to side《破镜谋杀案》
1964　A Caribbean Mystery《加勒比海之谜》
1965　At Bertram's Hotel《伯特伦旅馆》
1971　Nemesis《复仇女神》
1976　Sleeping Murder《沉睡谋杀案》
1979　Miss Marple's Final Cases《马普尔小姐最后的案件》

其他系列及非系列

1922　The Secret Adversary《暗藏杀机》
1924　The Man in the Brown Suit《褐衣男子》
1925　The Secret of Chimneys《烟囱别墅之谜》
1929　Partners in Crime《犯罪团伙》
1929　The Seven Dials Mystery《七面钟之谜》
1930　The Mysterious Mr. Quin《神秘的奎因先生》
1931　The Sittaford Mystery《斯塔福特疑案》
1933　The Witness for the Prosecution《控方证人》
1934　Why Didn't They Ask Evans?《悬崖上的谋杀》
1934　The Listerdale Mystery《金色的机遇》

阿加莎·克里斯蒂 侦探作品年表

1934　Parker Pyne Investigates《惊险的浪漫》
1939　Murder Is Easy《逆我者亡》
1939　And Then There Were None《无人生还》
1941　N or M?《桑苏西来客》
1944　Towards Zero《零点》
1945　Sparkling Cyanide《闪光的氰化物》
1945　Death Comes as the End《死亡终局》
1949　Crooked House《怪屋》
1950　Three Blind Mice and Other Stories《三只瞎老鼠》
1951　They Came to Baghdad《他们来到巴格达》
1954　Destination Unknown《地狱之旅》
1958　Ordeal by Innocence《奉命谋杀》
1961　The Pale Horse《灰马酒店》
1967　Endless Night《长夜》
1968　By the Pricking of My Thumbs《煦阳岭的疑云》
1970　Passenger to Frankfurt《天涯过客》
1973　Postern of Fate《命运之门》
1997　While the Light Lasts《灯火阑珊》

出版前言

纵观世界侦探文学一百七十余年的历史,如果说有谁已经超脱了这一类型文学的类型化束缚,恐怕我们只能想起两个名字——一个是虚构的人物歇洛克·福尔摩斯,而另一个便是真实的作家阿加莎·克里斯蒂。

阿加莎·克里斯蒂以她个人独特的魅力创造了侦探文学史上无数的传奇:她的创作生涯长达五十余年,一生撰写了八十余部侦探小说;她开创了侦探小说史上最著名的"黄金时代";她让阅读从贵族走入家庭,渗透到每个人的生活中;她的作品被翻译成一百多种文字,畅销全球一百五十余个国家,作品销量与《圣经》《莎士比亚戏剧集》同列世界畅销书前三名;她的《罗杰疑案》《无人生还》《东方快车谋杀案》《尼罗河上的惨案》都是侦探小说史上的经典;她是侦探小说女王,因在侦探小说领域的独特贡献而被册封为爵士;她是侦探小说的符号和象征。她本身就是传奇。沏一杯红茶,配一张躺椅,在暖暖的阳光下读阿加莎的小说是一种生活方式,是惬意的享受,也是一种态度。

午夜文库成立之初就试图引进阿加莎的作品,但几次都与版权擦肩而过。随着午夜文库的专业化和影响力日益增强,阿加莎·克里斯蒂的版权继承人和哈珀柯林斯出版公司主动要求将版权独家授予新星出版社,并将阿加莎系列侦探小说并入午夜文库。这是对我们长期以来执着于侦探小说出版的褒奖，是对我们的信任与鼓励，更是一种压力和责任。

新版阿加莎·克里斯蒂作品由专业的侦探小说翻译家以最权威的英文版本为底本，全新翻译，并加入双语作品年表和阿加莎·克里斯蒂家族独家授权的照片、手稿等资料，力求全景展现"侦探女王"的风采与魅力。使读者不仅欣赏到作家的巧妙构思、离奇桥段和睿智语言，而且能体味到浓郁的英伦风情。

阿加莎作品的出版是一项系统工程，规模庞大，我们将努力使之臻于完美。或存在疏漏之处，欢迎方家指正。

新星出版社
午夜文库编辑部

Agatha Christie

Over the next few years, we plan to celebrate two very important Agatha Christie anniversaries. In 2015, it is the 125th anniversary of her birth in Torquay, South Devon, England, and in 2020 it will be 100 years after her first book, THE MYSTERIOUS AFFAIR AT STYLES, featuring her famous detective, Hercule Poirot, was published. This is therefore a very appropriate moment to publish a new edition of her works, and I am delighted that HarperCollins has chosen to work with New Star on these new editions. New Star is China's top crime publisher, and has a strong and dedicated editorial staff and a continued passion for Agatha Christie, making them the ideal partner. It is the right time to make these classic books available in modern translations and so to bring Agatha Christie's books anew to her many fans in China, giving them a new reason to re-read these much-loved stories, as well as introducing them to a whole new audience. How delighted Agatha Christie would have been that her stories (as she called them) are still giving so much pleasure to so many people all over the world!

I think there are two very remarkable things about Agatha Christie's stories. The first is that they are so adaptable. It doesn't really matter which language they appear in, the stories and the plots still give the same thrill, still provide the same puzzles, and the characters still have the same attraction. Readers in China will I am sure enjoy Hercule Poirot and Miss Marple just as much as we do in England, and readers in China will still be transfixed by the surprises and horrors of AND THEN THERE WERE NONE, one of the great classics of 20th century detective fiction, as we are here.

Agatha Christie

The second is that the stories give a wonderful picture of England, particularly rural England, at the time Agatha Christie lived. She wrote books from 1920 until 1970 but it is sometimes hard to tell which part of her life each book was written in. Her characters and the life they lived were very much the same. The life we all live is changing very quickly these days but the Agatha Christie world stays the same. Perhaps the Miss Marple stories provide the best example of this, and in some ways, THE BODY IN THE LIBRARY and NEMESIS are quite similar, despite the fact that thirty years elapsed between the time they were written.

Perhaps I might end by mentioning three Agatha Christies (other than the ones mentioned above) which I think demonstrate why she is so popular, even in the twenty-first century. The first is MURDER ON THE ORIENT EXPRESS, one of the most famous with one of the most ingenious and human plots. Read this on one of your long train journeys in China! Next is A MURDER IS ANNOUNCED, a Miss Marple which was her 50th book. It has my favourite murderer in it! And last is ENDLESS NIGHT a story about evil and how it affects three young people, written at the time when I knew her best, and understood how deeply she cared and sympathised with young people and the world they lived in.

Whichever are your favourites I hope you enjoy these stories that New Star are introducing to you again. I think it is a great publishing event.

Mathew Prichard
Grandson of Agatha Christie
Chairman of Agatha Christie Ltd

致中国读者

(午夜文库版阿加莎·克里斯蒂作品集序)

在接下来的几年中,我们将要筹备两个非常重要的关于阿加莎·克里斯蒂的纪念日。二〇一五年是她的一百二十五岁生日——她于一八九〇年出生于英国的托基市,二〇二〇年则是她的处女作《斯泰尔斯庄园奇案》问世一百周年的日子,她笔下最著名的侦探赫尔克里·波洛就是在这本书中首次登场。因此新星出版社为中国读者们推出全新版本的克里斯蒂作品恰逢其时,而且我很高兴哈珀柯林斯选择了新星来出版这一全新版本。新星出版社是中国最好的侦探小说出版机构,拥有强大而且专业的编辑团队,并且对阿加莎·克里斯蒂的作品极有热情,这使得他们成为我们最理想的合作伙伴。如今正是一个良机,可以将这些经典作品重新翻译为更现代、更权威的版本,带给她的中国书迷,让大家有理由重温这些备受喜爱的故事,同时也可以将它们介绍给新的读者。如果阿加莎·克里斯蒂知道她的小故事们(她这样称呼自己的这些作品)仍然能给世界上这么多人带来如此巨大的阅读享受,该有多么高兴啊!

我认为阿加莎·克里斯蒂的作品有两个非常重要的特征。首先它们是非常易于理解的。无论以哪种语言呈现,故事和情节都同样惊险刺激,呈现给读者的谜团都同样精彩,而书中人物的魅力也丝毫不受影响。我完全可以肯定,中国的读者能够像我们英国人一样充分享受赫尔克里·波洛和马普尔小姐带来的乐趣,中国读者也会和我们一样,读到二十世纪最伟大的侦探经典作品——比如《无人生还》——的时候,被震惊和恐惧牢牢钉在原地。

第二个特征是这些故事给我们展开了一幅英国的精彩画卷,特别是阿加莎·克里斯蒂那个年代的英国乡村。她的作品写于二十世纪二十年代至七十年代间,不过有时候很难说清楚每一本书是在她人生中的哪一段日子里写下的。她笔下的人物,以及他们的生活,多多少少都有些相似。如今,我们的生活瞬息万变,但"阿加莎·克里斯蒂的世界"依旧永恒。也许马普尔小姐的故事提供了最好的范例:《藏书室女尸之谜》与《复仇女神》看起来颇为相似,但实际上它们的创作年代竟然相差了三十年。

最后,我想提三本书,在我心目中(除了上面提过的几本之外)这几本最能说明克里斯蒂为什么能够一直受到大家的喜爱。首先是《东方快车谋杀案》,最著名,也是最机智巧妙、最有人性的一本。当你在中国乘火车长途旅行时,不妨拿出来读读吧!第二本是《谋杀启事》,一个马普尔小姐系列的故事,也是克里斯蒂的第五十本著作。这本书里的诡计是我个人最喜欢的。最后是《长夜》,一个关于邪恶如何影响三个年轻人生活的故事。这本书的写作时间正是我最了解她的时候。我能体会到她对年轻人以及他们生活的世界关心至深。

现在新星出版社重新将这些故事奉献给了读者。无论你最爱的是哪一本,我都希望你能感受到这份快乐。我相信这是出版界的一件盛事。

阿加莎·克里斯蒂外孙

阿加莎·克里斯蒂有限责任公司董事长

马修·普理查德

二〇一三年二月二十日

阿加莎·克里斯蒂侦探作品集 ⑱

地狱之旅
Destination Unknown

[英] 阿加莎·克里斯蒂 著
王璐 译

新星出版社　NEW STAR PRESS

致与我一样热爱游历海外的安东尼①。

---

①指阿加莎女儿的第二任丈夫安东尼·希克斯。阿加莎在自传中这样写这位女婿：他不仅是我知道的最和蔼可亲的人，还是一个智力非凡、诙谐有趣的人。（见《阿加莎·克里斯蒂自传》）。将《三只瞎老鼠》戏剧化时，阿加莎动员全家人一起想名字，最终采纳了安东尼的建议，即《捕鼠器》。

第一章

坐在桌后的男人把一个沉重的玻璃镇纸向右移了四英寸，他面无表情，不像正陷入深思，也不像分了神。由于他一天的大部分时间都处于室内灯光下，因而脸色显得有些苍白。你可以感觉到他是个不常外出的人，一个与办公桌和文件打交道的人。你必须穿过一条七拐八拐的漫长走廊才能来到他位于地下的办公室，不过奇怪的是，你会觉得这很衬他。你很难猜出他的年纪，他看起来说不上年轻或是年长。他的脸很光滑，没有皱纹，但眼眸却透出深深的疲惫。

房间里的另一个男人要年长一些。他面色黝黑，留着军人式的小胡子，透着机警和活力。此刻他也无法安心坐定，而是一直在屋里走来走去，并不时语调不稳地抛出几句话。

"报告！"他像在发脾气，"报告，报告，总是报告！这些玩意儿他妈的没一个有用！"坐在桌后的男人低头看着眼前的文件，文件最上面放着一张名片，上面写着"贝特顿，托马斯·查尔斯"，名字后面还有个问号。

男人若有所思地点了点头，问道："您已经看完了这些报告，并且认为没有一点儿有用的？"

年长的那个耸了耸肩，反问道："要怎么分辨有没有用？"

桌后的男人叹了口气。

"是的，"他说，"关键就在这儿，没人能分辨，确实。"

年长的那个像突然开始自动发射的机关枪一样说道："有来自罗马的报告，有来自都兰①的报告，有人在里维埃拉看到过他，有人在安特卫普看到过他，有人在奥斯陆认出了他，他人肯定在比亚里茨，有人在斯特拉斯堡看到他形迹可疑，有人看到他与一位迷人的金发美人儿漫步在奥斯坦德的沙滩上，有人看到他牵着一只灵缇犬在布鲁塞尔的大街上散步！我敢打赌我马上就会收到报告，说有人看到他牵着一匹斑马逛动物园！"

"沃顿，你本人没有什么想法吗？我个人曾对安特卫普的那份报告充满希望，不过后来似乎没有后续了。当然，如今……"年轻男人突然闭上嘴，像是要昏迷了。但他很快恢复了常态，措辞隐晦含糊地说："是的，或许……但是，我深表怀疑。"

沃顿上校重重地坐在椅子的扶手上。

"但我们必须搞清楚，"他坚决地说，"必须排除万难，搞清楚怎么回事、为什么，以及去哪儿了？不能差不多每个月损失一个温顺的科学家，却对他们是怎么不见的，为什么会失踪，以及去了哪儿一无所知！他们真的是去了我们所预想的那个地方吗——还是什么别的地方？我们总是理所当然地认定他们肯定去了那个地方，但如今我不那么确定了。你看了从美国寄来的关于贝特顿的最新消息了吗？"

坐在桌后的男人点了点头。

"曾有些左派倾向，不过左派得势时每个人都或多或少有些倾向，贝特顿先生的左派倾向显然没有持续太久。大战之前，他

---

① 都兰（Touraine）是法国的一个地区。

工作勤恳，但没有什么引人注目的发现。曼海姆从德国逃亡来美之后，贝特顿被指派为他的助手，并且最终与曼海姆的女儿成婚。曼海姆去世后，贝特顿独自接替他的工作，并做出了杰出的成就。ZE裂变[①]这一令人吃惊的发现让他举世闻名。ZE裂变确实是一项杰出的革命性发现，这一发现使得贝特顿登上了人生的顶峰。他本打算在美国做出一番事业，但是新婚不久的妻子不幸离世了，这使他悲痛欲绝、伤心万分，于是来到了英国。最近这一年半他住在哈韦尔，半年前刚刚再婚。"

"有什么问题吗？"沃顿厉声问道。另一个人摇了摇头。

"目前没发现什么问题。他的妻子是当地一位事务律师的女儿，结婚以前在一家保险公司工作。没发现她有强烈的政治倾向。"

"ZE裂变。"沃顿上校语调阴沉、语气反感地说，"我真搞不懂这些词是什么意思。我是个守旧的人。我都不知道分子什么样，可如今他们却要分裂整个宇宙！原子弹、核裂变、ZE裂变，还有其他那些。贝特顿是最主要的裂变主义者！在哈韦尔，人们对他是怎么评价的？"

"一个非常友善的人。工作上倒是没有什么突出或特别的成就，只是让ZE裂变能更广泛地应用在实际中。"

两个男人一时都陷入沉默之中。他们的对话一向是散漫突发的。桌上堆着一沓秘密调查报告，然而没有任何价值。

"当然了，他进入英国的时候进行过彻底的审查。"沃顿说。

"是的，审查结果相当令人满意。"

"一年半以前，这些人崩溃了。"沃顿深思熟虑地说，"你知

[①] ZE应为zero energy的缩写，ZE裂变即零损耗裂变。

道的,他们忍受不了安保措施了。时刻处于监控的显微镜下,过着离群索居的生活,使得他们逐渐变得不安、反常。这种情况我见得多了。他们开始幻想一个理想世界:自由互信,共享秘密,为了人类的繁荣而工作!恰在这个时刻,那些或多或少可以说是人类渣滓的人出现了,他们看到了机会,并且想迅速地攫取它!"他揉了揉鼻子,继续道,"没有人比科学家更容易上当受骗了,所有的虚假宣传材料都表明了这一点,我十分不解这是为什么。"

另一个男人疲惫地笑了笑。

"哦,是的,"他说,"确实是这样。你看,他们认为自己知晓一切,抱有这种观点十分危险。我们这样的人却不一样,我们是有自知之明的人,没想过拯救世界,只想在它无法正常运转的时候帮忙处理一两块坏掉的零件或是松松螺丝。"他若有所思地用手指敲击着桌面,继续道,"如果我能知道多一些关于贝特顿的资料就好了。不仅仅是他的经历和工作,而是日常生活中所展现出来的那些事。比如哪类玩笑会引他发笑,什么会让他大声咒骂,他的偶像是谁,又为谁痴狂。"

沃顿好奇地注视着他。

"他妻子怎么说——你去找过她,对吧?"

"去过几次。"

"她能帮上忙吗?"

男人耸了耸肩。

"目前为止还没什么帮助。"

"你认为她知道些什么?"

"当然了,她表现得一无所知。全是普通人的正常反应:担心,悲伤,极度焦虑,事先没有什么线索或征兆,丈夫的生活一切正常,没有任何压力——诸如此类的。在她看来,她丈夫就是被绑架了。"

"但你并不相信她?"

"在这方面我有个毛病,"坐在桌子后面的男人苦涩地说,"我不相信任何人。"

"好吧,"沃顿慢慢说道,"我认为在这个问题上我们都该看开点。她是个什么样的人?"

"一个普通女人,随便哪天玩桥牌的时候都会遇到的那种。"

沃顿点点头,像是完全理解了。

"这让整件事更扑朔迷离了。"他说。

"她马上就要来这儿见我了,我们又要把所有问题再重复一遍。"

"这是唯一的办法,"沃顿说,"但是我做不来,我没有足够的耐心。"他站起来,"好了,我不妨碍你了。我们确实没有什么进展,不是吗?"

"很不幸,毫无进展。你可以专门检查一下那份来自奥斯陆的报告,那个看起来像真的。"

沃顿点了点头就出去了。屋内的男人拿起电话听筒说:"让贝特顿太太进来吧。"

说完男人就呆坐在那里直到有人敲门,贝特顿太太被领入。她身材高大,二十七岁左右,最引人注目之处是她有一头美丽动人的赤褐色头发,而耀眼头发下的面庞倒乏善可陈。和大多数红头发的女人一样,她有一双蓝绿色的眼睛和淡色睫毛。男人注意到她没有化妆。他心里想着这次会面,同时嘴上对她表示欢迎,请她在桌子旁边的椅子上安坐。此时他再次觉得贝特顿太太其实比她所说的要知道得更多。

根据他的经验，处于极度悲伤与不安中的女人更加不会忽略打扮自己。因为她们知道悲痛会摧残自己的外貌，便会尽力掩饰这种损伤。他怀疑贝特顿太太刻意不打扮，是为了更好地展现一个心烦意乱的妻子的形象。她有点上气不接下气地开口道："哦，杰索普先生，我希望……有什么新消息？"

男人摇了摇头，温柔地说："十分抱歉又让您跑一趟，贝特顿太太，不过我们恐怕不能给您提供任何确切的消息。"

奥利芙·贝特顿快速地应道："我知道，你在信中说了。但我想或许……来信之后……哦！我很高兴能来这儿，只是坐在家里胡思乱想、闷闷不乐，这才是最糟糕的。因为我什么也做不了！"

叫杰索普的男人安慰她道："如果我再次重复相同的说法，问您同样的问题，强调同样的重点，也请您千万不要介意。您知道的，可能会有细微的情况就此显现。一些您之前从未想到过，或者没有意识到其价值的情况。"

"是的、是的，我明白。再重新问我一遍吧。"

"您最后一次见到您的丈夫是在八月二十三日？"

"是的。"

"那天他离开了英国，赴巴黎参加会议？"

"是的。"

杰索普继续快速地提问："他参加了本次会议的前两天议程，第三天他没有出现。据说他曾向一位同事提过他不准备参加那天的会议，而是去乘坐平底游览船① 观光。"

---

① Bateau mouche, 泛指巴黎塞纳河上的平底游览船。一直由 Bateau Mouches 公司经营。Mouche 其实是十八世纪里昂附近的一处地名，那里盛产这种平底游船，后来被 Bateau Mouches 的创始人让·布里埃（Jean Bruel）拿来命名他经营的塞纳河游船，并沿用至今。

"平底游览船？什么是平底游览船？"

杰索普微微一笑。

"就是那种航行在塞纳河上的小船。"他机敏地看着她，"您是不是认为这不像是您丈夫会做的事？"

她含糊地说："我确实有些疑虑。在我看来，他应该更关心会议的进程。"

"可能那天会议讨论的主题他不是特别感兴趣，于是他选择给自己放一天假。这么说您能接受吗？"

她摇了摇头。

"他那天晚上没回旅馆，"杰索普继续说道，"根据目前我们的调查，他没有前往其他国家，至少没用自己的护照跨越国境。您觉得他有没有可能还有一本护照，登记的是不同的名字？"

"哦，不会，他为什么要这样？"

男人凝视着她。

"您从来没见过他拥有这类东西吗？"

她用力摇了摇头。

"没有，我也不相信他会有。一刻都不会相信。我不相信他是蓄意失踪的，像你们试图证明的那样。他肯定发生了什么事，又或者……又或者可能他失去了记忆。"

"他的健康状况一直没什么问题吧？"

"是的，只是有时因为工作过于努力而稍微有些疲倦，仅此而已。"

"他看上去有没有因为什么事而忧心或沮丧？"

"他从来不会为任何事感到忧心或沮丧！"她用颤抖着的手打开皮包，取出手帕，"这简直太可怕了！"她的声音发颤，"我无法相信。他从来不会一句话不说就离开！他一定是出了什么事，可能是被绑架了或是遭遇袭击了。我尽量不去这么想，但有时我觉得一定是这样的。他肯定已经死了。"

"不要这样想，贝特顿太太，不要这样……如今还没有做这样的推测的必要。如果他死了，现在我们肯定已经发现他的尸体了。"

"那可不一定。可怕的事情总在发生。他可能溺死了，或是被人推进一条阴沟，我觉得在巴黎什么事都有可能发生。"

"我可以向您保证，贝特顿太太，巴黎是一座治安很好的城市。"

她把蒙着眼睛的手帕拿开，盯着杰索普，眼神愤怒。

"我知道你在想什么，但不是这样的！汤姆绝对不会出卖国家或是泄露秘密。他不是一个政治上'左'倾的人。他这一生都光明磊落。"

"贝特顿太太，您先生有什么政治信仰？"

"我相信在美国的时候他是一个民主党人。在这里他投票支持工党。他对政治不感兴趣，他始终是一位科学家。"她又挑衅地补充道，"一位杰出的科学家。"

"确实，"杰索普说，"他是一位杰出的科学家。这正是问题的关键所在。他很可能受了什么人的高薪诱惑，离开这个国家去了其他地方。"

"这不可能。"她的怒气再次被激起，"只是那些文件力图证明如此。你在质询我的时候也是这么想的。但这不是事实，他从来没有不告而别过，从来不会什么都不对我说。"

"他……什么都没对你说吗？"

男人再次目光锐利地盯着她。

"什么也没说。我不知道他在哪儿。我认为他被绑架了，或者像我刚才所说的，死了。但如果他真的死了，我肯定知道。我必须马上知道，我不能再这样下去了，无望地等待，每天胡思乱想。我吃不下睡不着，担忧、焦躁、病恹恹的。您能帮我吗？您究竟能不能帮帮我？"

男人站了起来，绕过办公桌，低声说道："我感到十分抱歉，贝特顿太太，真的非常抱歉。我向您保证，我们正在全力调查您丈夫究竟出了什么事，而且每天都能收到从不同地方发来的报告。"

"从哪里发来的报告？"她机警地问，"报告里都写了些什么？"

男人摇了摇头。

"所有报告我们都进行跟进、筛选和检验。但通常来说，我很抱歉，里面的内容都无法得到证实。"

"我必须知道，"她再次断断续续地喃喃道，"我不能再这样下去了。"

"贝特顿太太，您十分在意您的丈夫吗？"

"我当然非常在意他。我们刚结婚六个月，刚刚六个月。"

"是的，我知道。不过——恕我冒昧，你们之间有没有发生过争吵？"

"哦，没有！"

"没有因为另一个女人而发生矛盾吗？"

"当然没有。我不是说了吗，我们去年四月才结的婚。"

"请您相信，我并不是在暗示什么，只是我们必须把导致他突然消失的可能性全都考虑在内。您说他最近没有表现出沮丧或担忧，不焦躁也不紧张，任何微小的表现都没有？"

"没有，没有，没有！"

"要知道,贝特顿太太,您丈夫的工作性质很容易让人紧张不安。毕竟要生活在严格的安保监控下。事实上,"他笑道,"稍显紧张反倒更正常一些。"

她并没有回以微笑。

"他和往常一样。"她斩钉截铁地说。

"他工作愉快吗?您丈夫有没有跟您聊起过他的工作?"

"没有,他的工作全是技术性的东西。"

"您觉得他是否因为他所研究的东西的……破坏力而感到良心不安呢?请原谅我这么说,科学家有时的确会有这种感觉。"

"他从没说过类似的话。"

"您看,贝特顿太太,"男人倾身向前贴着桌子,神情冷酷地说,"我做这些只是想尽力了解您的丈夫,了解他是个怎样的人。但不知为何,您不太愿意帮我。"

"我还能说什么、做什么来帮您呢?我回答了您的所有问题。"

"是的,您回答了我的所有问题,但绝大多数是以消极否定的方式。我需要一些积极的、有建设意义的回答。您明白我的意思吗?当你知道他是个什么样的人的时候,你才能更高效地找到他。"

她思考了一会儿。"我明白了,起码我认为我明白了。嗯,汤姆是个开朗积极、好脾气的人。并且非常聪明,当然了。"

杰索普笑了。"一长串好品质。说说更具个人特色的吧,他书读得多吗?"

"是的,相当多。"

"都是什么类型的书?"

"嗯,传记,读书协会推荐的那些,累的时候还会看看犯罪小说。"

"一个非常普通的读者。他有什么特别的爱好吗？桥牌或国际象棋？"

"他玩桥牌。我们通常每个星期与埃文斯博士夫妇玩一次或两次桥牌。"

"您丈夫朋友多吗？"

"哦，是的，他很擅于交际。"

"不仅如此，我的意思是，他是一个非常关心朋友的人吗？"

"他有时和我们的一两个邻居打高尔夫球。"

"他有没有比较特别的朋友，或是密友？"

"没有。你知道的，他在美国待了那么长的时间，而且他出生在加拿大，他在这里没有结识太多人。"

杰索普瞄了一眼手肘边的一张纸条。

"我知道最近有三个从美国来的人拜访过他。我这里有他们的名字。调查显示，这三个人是最近这段时间您丈夫唯一接触过的……外人。因此我们特别注意了一下他们。现在说说第一位，沃尔特·格里菲斯，他到哈韦尔拜访了你们。"

"是的，他正好来英国，就顺道来看望汤姆①。"

"您丈夫见到他时有什么反应呢？"

"汤姆非常惊讶，但也很高兴。他们在美国私交甚密。"

"您怎么看这个格里菲斯？就用您自己的方式来描述一下。"

"你肯定已经很了解他了吧？"

"是的，他的一切我都了解了。但我想听听您是怎么看待他的？"

---

①汤姆是托马斯的昵称。

她思考了一会儿。

"嗯……他很严肃,有点啰唆。对我彬彬有礼,而且能看得出他非常喜欢汤姆。他急于讲述汤姆离开美国来到英国之后发生的事情,我感觉全是当地的小道消息。对此我没什么兴趣,因为我不认得其中的任何一个人,于是,他们追忆往事的时候我就去准备晚餐了。"

"他们没聊什么政治问题吗?"

"你是在暗示他是个共产主义者吗?"奥利芙·贝特顿的脸一下子红了,"我敢肯定他不是。我记得他在政府部门任职,我想是在美国地方检察官办公室。汤姆开些与美国的政治审查有关的玩笑时,他就严肃地说我们不了解那边的情形,政治审查是必需的。这表示他不是一个共产主义者!"

"哦,拜托,请您不要生气,贝特顿太太。"

"汤姆不是一个共产主义者!我重复了很多遍了,可你就是不相信我。"

"不不,我相信您,但这个问题还是要提出来。现在说说第二个从国外来的人,马克·卢卡斯博士。你们在伦敦的多赛特旅馆遇到了他。"

"是的,那天我们去看演出,随后在多赛特旅馆吃晚餐。忽然这个人,卢克还是卢卡斯,跑过来跟汤姆打招呼。他是个从事研究工作的化学家,上一次见到汤姆是在美国。他是一个德国难民,已经取得美国国籍。但是这些情况你们——"

"我们都知道了?是的,的确,贝特顿太太。您的丈夫见到他时惊讶吗?"

"是的,非常惊讶。"

"高兴吗?"

"是的,是的,我觉得是。"

"但您不是很肯定?"他紧紧追问。

"嗯,他和汤姆不是特别熟,这是汤姆后来告诉我的。就是这样。"

"这真的是一次偶然的相遇吗?他们有没有相约日后再碰面?"

"没约,这仅仅是一次偶遇。"

"明白了。第三个来自国外且和汤姆接触过的是个女人,卡罗尔·斯比德太太,同样来自美国。他们是怎么碰到的?"

"据我所知,她是要去联合国组织办点事。她与汤姆在美国认识,有天她从伦敦打来电话说她来这儿出差,问我们是否有时间和她一起吃个午饭。"

"那你们去了吗?"

"没有。"

"您没去,但您丈夫去了!"

"什么!"她瞪圆了双眼。

"他没告诉您?"

"没有。"

奥利芙·贝特顿看起来疑惑且不安。一直问她问题的男人觉得有些过意不去,但他并未心软。这是他第一次觉得自己可能抓到了什么。

"我不太明白。"贝特顿夫人犹豫地说,"这太奇怪了,他没理由不告诉我。"

"他们在斯比德太太下榻的多赛特旅馆共进了一顿午餐,八月十二日,星期三。"

"八月十二日?"

"是的。"

"没错,那天他确实去伦敦了……可他什么都没说啊——"她突然顿住了,接着吼着问出一个问题,"她长什么样?"

男人以令人宽慰的口吻迅速答道:"完全不是那种富有魅力的类型,贝特顿太太。她是一位年轻有为的职业女性,三十多岁,长得不算好看。没有任何线索显示您丈夫和她有什么亲密关系。不过这就很奇怪了,为什么他没有向您透露这次见面?"

"没错,没错,我也觉得奇怪。"

"现在请您认真想一想,贝特顿太太。那段日子您丈夫有什么异常吗?差不多八月中旬的时候,也就是您丈夫出国参加会议之前一周。"

"没有……没有,我没发现什么异常。没发生任何事。"

杰索普叹了口气。

桌上的电话猛然响起。他拿起听筒。

"喂。"

电话那头的人说道:"有个人想见贝特顿案的主管人,先生。"

"他叫什么?"

电话那头的人轻轻咳了一声。

"唔,我不是很确定该怎么读,杰索普先生,我看我还是告诉您怎么拼写吧。"

"好的,拼吧。"

他在吸墨纸上记下从电话另一头传来的字母。

"是波兰人吗?"记完名字后他疑惑地问。

"他没说,先生。他英语说得很棒,只有一点儿口音。"

"让他等一会儿。"

"好的,先生。"

杰索普挂掉电话,接着望向桌子对面的奥利芙·贝特顿。她安静地坐在那儿,显得毫无防备、极其平和。他撕下写着人名的那页纸,推到她跟前。

"您认识叫这个名字的人吗?"他问。

她看着纸上的字,眼睛突然睁大。有那么一刻男人认为她明显受到了惊吓。

"是的,"她说道,"是的,我知道。他给我写过信。"

"什么时候?"

"昨天。他是汤姆前妻的表弟,刚刚来到英国。汤姆失踪一事他十分关心。他写信给我,问我是否得到了什么新消息,并向我致以最深切的问候。"

"您之前听说过这个人吗?"

她摇了摇头。

"从未听您丈夫提起他吗?"

"没有。"

"所以很可能他根本就不是您丈夫的表弟。"

"哦,是的,我想是的。我从未这么想过。"她看起来很惊讶,"但是汤姆的前妻是个外国人,是曼海姆教授的女儿。在那个男人的信里,他似乎知晓她和汤姆的一切。信写得很规范、很有条理,并且有些……外国气息,你明白吗?看起来情真意切。不管怎么说,我的意思是,如果他的情真意切都是假的,这么做又有什么意义呢?"

"哦,这是人们经常扪心自问的问题。"杰索普露出浅笑,"我们这里的人习惯琢磨细微小事中的重大意义。"

"是的,我觉得你们确实是。"她忽然颤抖了一下,"就像你这间屋子,处于迷宫般的一堆走廊中,就像一个梦,你身在其中,感觉自己好像再也走不出来了……"

"是的,是的,我知道它确实有一些幽闭恐怖的效果。"杰索普笑道。

奥利芙·贝特顿抬起一只手,捋了捋覆在前额上的头发。

"你知道的,我无法再忍受只坐在家里死等了。"她说道,"我想出去换换环境。海外是个选择。去一个记者不会总给我打电话,人们也不会盯着我看的地方。现在我见朋友,朋友也总是问我有没有什么新消息。"她顿了顿,接着说,"我觉得……我觉得我就要崩溃了。我也试着勇敢,但实在不堪重负。我的医生也赞同我马上离开这儿,去别的地方待三四个星期。他给我写了封信,我给你看看。"

她在手提包里翻找着,拿出一个信封,推到杰索普面前。

"你看他是怎么说的。"

杰索普拿出信读了一遍。

"是的、是的,我看到了。"他说道,又把信装回信封里。

"这么说……这么说我能离开了?"她紧张不安地看着他。

"当然可以了,贝特顿太太。"他回应道,惊讶地扬起眉毛,"有何不可呢?"

"我以为您会不同意。"

"不同意,为什么?这事由你说了算。只要保证外出期间我们若有什么新消息能随时联系到您就行了。"

"啊,这是当然。"

"您准备去哪里?"

"去一个阳光充沛、没有太多英国人的地方。西班牙或摩洛哥。"

"好极了。这样会给您带来很多好处的,我相信。"

"啊,谢谢你。真的非常感谢你。"

她站了起来,兴奋而激动——不过仍旧紧张焦躁。

杰索普也站了起来,和她握了握手,然后按铃叫来一位手下把她送了出去。他回到桌边坐下。有那么一会儿,他的脸跟之前一样没什么表情,接着笑容缓缓爬上他的脸颊。他拿起电话听筒。

"叫克莱德尔少校来吧。"他说道。

第二章

"克莱德尔少校?"杰索普说这个名字的时候稍微犹豫了一下。

"不太好发音,是的。"访客以一种诙谐的赞赏口吻说道,"战争期间,你的同胞们叫我格莱德。现在我在美国改名叫格林,这个名字更容易读一些。"

"你从美国来?"

"是的,一周之前到的。你是……不好意思,你是杰索普先生吗?"

"我是杰索普。"

对方满怀兴趣地看着杰索普。

"嗯,"他说道,"我听说过你。"

"是吗?从谁那里?"

男人笑了。

"我可能把话题推进得太快了。在你允许我提一些问题之前,我应该先把美国大使馆的信给你看。"

他躬身把信递给杰索普。杰索普接过信,看了几句客套的引荐,就把它放下了。他认真审视来访者。身形高大,使他显得有点呆板,年纪在三十岁上下,金色头发打理成欧洲大陆样式。这个人说话时语速缓慢，用词谨慎，口音明显但语法准确。杰索普注意到他一点也不紧张，而且自信满满。这很不寻常，大多数来到这间办公室的人都要么紧张，要么激动，要么忧虑不安。有时他们会表现得非常狡猾，有时则异常暴躁。

而这是一个自控力很强的男人，他面无表情，知道自己在做什么以及为什么要这么做，这表示你很难设计引诱他说出本不打算说的事情。

杰索普欣然问道："那么，我们能为你做些什么呢？"

"我来这里是想请教，有关托马斯·贝特顿，你们是否有新消息？他最近以一种耸人听闻的方式失踪了。我知道不能不折不扣地相信报纸上登的东西，于是我打听了一下哪里能得到可靠的消息。他们告诉我——在你这里。"

"很抱歉，我们还没有贝特顿的确切消息。"

"我以为他被派到国外去执行什么任务了。"他顿了顿，又相当巧妙地补充道，"你知道的，不能声张的那种。"

"亲爱的先生，"杰索普看上去有些难受地说道，"贝特顿是一位科学家，不是外交官，也不是秘密特工。"

"你在指责我。但标签不一定是真的。你肯定想知道我为何对这件事感兴趣。托马斯·贝特顿是我的姻亲。"

"是的。我想你就是已经去世的曼海姆教授的外甥吧。"

"啊，你已经知道了。你的消息真灵通啊！"

"总有人过来主动告诉我们一些事情。"杰索普低声说道，"刚才贝特顿的妻子来过，是她告诉我的。你给她写过信。"

"是的，向她致以我的慰问，同时询问关于贝特顿先生的消息。"

"你确实该这么做。"

"我的母亲是曼海姆教授唯一的妹妹,他们十分亲密。在华沙的时候,我那会儿还是个孩子,总是待在舅舅家里,他的女儿艾尔莎就像我的亲姐姐一样。我的双亲去世后,舅舅和表姐就是我的家人了,那段日子非常愉快。接着战争来临,全是惨剧和恐怖的回忆……这些我们就不提了吧。舅舅和艾尔莎去美国避难,我则留在那儿,加入了地下抵抗组织,并在战争结束后接手了一些任务。那段时间我只去探望了一次舅舅和表姐。不过执行完欧洲的任务后,我打算去美国定居,而且希望尽量离舅舅、表姐和表姐夫近一些。但是,唉……"他摊开手道,"我抵达美国的时候舅舅已经去世了,表姐也过世了,她的丈夫去了英国并且再婚了。所以我再一次失去了家。随后我在报纸上读到著名科学家托马斯·贝特顿失踪的报道,于是我就来到这里,想看看能做些什么。"他停下来看着杰索普,眼神里带着疑问。

杰索普面无表情地看回去。

"为什么他会失踪,杰索普先生?"

"这正是我们也想知道的。"杰索普说道。

"或许你是知道的?"

杰索普很钦佩这个男人轻易就将两人的关系对调了。在这个房间里,他总是提问的那个,而现在这个陌生人却是质询者。

杰索普仍旧愉悦地笑着,回应道:"我向你保证,我们确实不知道。"

"但你们肯定有所怀疑吧?"

"这件事似乎遵循了一种特定模式……"杰索普小心谨慎地说道,"之前也发生过类似的事情。"

"我知道。"来访者立即引出半打类似案件,"全是科学家。"他意味深长地说道。

"是的。"

"他们都去铁幕①那边了吗?"

"有可能,但我们还不确定。"

"他们是出于自己的意愿去的吗?"

"这一点也很难说清。"杰索普说。

"你认为这不关我的事。"

"是的。抱歉。"

"你是对的。我只对贝特顿感兴趣。"

"对不起,"杰索普说,"其实我不太理解你为何对他感兴趣,毕竟贝特顿只是你的一个姻亲,而且你完全不了解他。"

"确实。但我们波兰人十分看重家庭,关心家人是义务。"他站起身,生硬地鞠了个躬,"很抱歉占用了你的时间,感谢你的热情接待。"

杰索普也站了起来。

"很抱歉我没能帮到你。"他说,"但我向你保证,我们目前也毫无头绪。如果我们这边得到了什么消息,能与你联系吗?"

"通过美国大使馆就可以找到我。谢谢你。"他再次礼貌地鞠了一躬。

杰索普按响传唤铃。克莱德尔少校走出门后,杰索普拿起电话。

"叫沃顿上校来我屋里。"

沃顿进来后,杰索普说道:"事情有进展了——终于。"

"发生了什么?"

"贝特顿夫人想去海外。"

---

① 指将苏联和东欧共产党国家与西欧分开的边界。

沃顿吹了声口哨。

"去和丈夫相会?"

"我认为可能性很大。她拿着一封医生写的信过来,医生建议她换个环境,彻底休养。理所应当。"

"看起来是个好进展!"

"当然了,也可能她说的是真的。"杰索普提醒他道,"只是简单的事实。"

"我们这里,可从不这样看待事情。"沃顿说道。

"确实。但我不得不说,她表现得相当令人信服,没有一丝可疑之处。"

"我想你从她那儿没得到什么新消息吧?"

"有一点点。那个跟贝特顿在多赛特旅馆共进午餐的斯比德。"

"怎么了?"

"他没告诉他妻子那次午餐的事。"

"哦。"沃顿思考着,"你认为这件事另有深意?"

"有可能。卡罗尔·斯比德在经历非美活动调查委员会① 审查前还被起诉过。她极力为自己申辩,但不管怎么说……是的,不管怎么说她就是——或者说人们普遍认为她就是不干净。她可能与此事有关,至少是调查贝特顿到现在发现的唯一线索。"

"贝特顿夫人那边呢?会不会是受人唆使,她才想去海外?"

"没什么人联系她。她昨天收到了一封信,一个波兰人写给她的。那人是贝特顿前妻的表弟,刚才就在这儿,问我这件事的

---

① 非美活动调查委员会(Committee of Investigation of un-American Activities)是一九三八年至一九六九年美国国会众议院设立的反共、反民机构。一九三八年五月二十六日,美国国会众议院设立临时性非美活动调查委员会。以反共著称的得克萨斯州参议员M. 戴斯担任主席,故又称戴斯委员会。

细节……"

"他是个怎样的人?"

"不太真诚,"杰索普说道,"很像个外国人,很规矩,从头到脚'温文尔雅'的,但不知为何就是不太像个真实的人。"

"你认为他就是那个唆使她去海外的人?"

"可能。我不知道,他让我觉得很奇怪。"

"需要监视他吗?"

杰索普笑了。

"是的。我按了两次铃。"

"你这个善于设圈套的老手,诡计多端。"沃顿再次严肃起来,以公事公办的口气说道,"那么,要什么格式的?"

"珍妮特吧,和以前一样。西班牙,或者摩洛哥。"

"不是瑞士吗?"

"这次不是。"

"我觉得西班牙和摩洛哥对他们来说有点困难啊。"

"可千万不能低估对手。"

沃顿厌恶地用指尖翻动着那一堆调查文件。

"还没有人在这两个国家见过贝特顿。"他懊恼地说道,"嗯,我们要孤注一掷了。我的上帝,如果我们这次在这个案件上失败的话……"

杰索普靠在椅背上。

"我很久没休过假了。"他说道,"对这个办公室是真的厌倦了。我可能需要去国外度个假……"

第三章

1

"乘坐法国航空一〇八次航班的乘客,请这边走。"

希思罗机场候机大厅里陆续有人站起。希拉里·克雷文拎起她小小的蜥蜴皮旅行箱,随着人流走向停机坪。离开闷热的候机厅,外面冷冽的寒风吹得人难受。

希拉里打了个寒战,把身上的皮草大衣裹得更紧了。她跟随其他乘客走向即将要乘坐的飞机。成功了!她解脱了,逃离了!从这灰暗、阴冷、死气沉沉的悲惨生活中逃离了。逃去阳光明媚的蓝天下,去拥抱新的生活。她要把所有重负都抛在身后,悲惨的境遇和挫折失败。她踏上飞机舷梯,低头走进舱门,由空乘领到自己的座位。这是近几个月来她第一次感到放松,摆脱了几乎影响到身体健康的痛苦。"我要离开了。"她满怀希望地自言自语道,"我就要离开了。"

引擎的轰鸣声和机翼转动的声音使她兴奋,这声音似乎带有一种原始的野性。她想,由文明礼仪制造的不幸,是最糟糕的不幸,灰暗而毫无希望。但是现在,她又想到,我要逃离了。

飞机慢慢地沿着跑道滑行。乘务员的声音传来。

"请您系紧安全带。"

飞机转了九十度，停下来等待起飞的信号。希拉里暗想，飞机可能会坠毁……可能永远都无法飞离地面。那么一切都结束了，一切事情都解决了。他们似乎等了很久，等待着飞向自由的信号，希拉里有点荒谬地想着：我永远都离不开这里了，永远。我会永远待在这里……我是个囚犯……

啊，终于。

发动机发出一声轰鸣，接着飞机开始加速。沿着跑道，速度越来越快，越来越快。希拉里想着：但它无法升空。它不能……这就是结局。哦，似乎已经离开地面了。与其说飞机升空了，不如说是地面在下沉，沉下去，把所有问题、失落和挫折都丢下，不断向上的飞机则骄傲地钻入云端。飞机在攀升、盘旋，下面的机场看起来就像滑稽可笑的孩子的玩具一样。可笑的小马路，奇怪的小铁路和上面的玩具火车。一个荒谬可笑的孩童般的世界，人们在这里相爱、憎恨、伤心欲绝。如今这些都没有意义了，因为全都荒谬可笑、异常渺小、微不足道。接着飞机钻入云团，视野变得模糊，像裹在一团灰白色的脏东西里。一定是正在穿越英吉利海峡。希拉里靠在座椅上，闭上了眼睛。逃离。逃离。她已经离开了英国，离开了奈杰尔，离开了埋葬布伦达的小土堆。一切都被她抛诸脑后。她睁开眼睛，深深地叹了口气后又再次闭上。她睡着了……

2

希拉里醒来的时候飞机正在下降。到巴黎了，希拉里一边想着一边站起来去拿行李。但这里不是巴黎。空乘走过来，用许多乘客感到反感的幼儿园女老师的明快腔调说道:"因为巴黎大雾,我们将先行降落在博韦①。"看她那样子,仿佛在说:"孩子们,是不是很棒?"

希拉里透过身边的小窗向下看。什么都看不清,博韦也被浓雾笼罩。飞机在缓慢地盘旋,用了很长时间降落。接着乘客们被带领着穿过寒冷潮湿的迷雾,进入一栋只有几把椅子和一个长条木桌的简陋木屋。

希拉里失望万分,但她努力让自己振奋起来。坐在她旁边的男人小声说道:"这儿是战时用的旧机场,没有暖气,条件很差。不过幸运的是我们在法国,法国人会给我们提供些酒水。"

确实,几乎立刻就来了一个带着一大串钥匙的人,他为乘客们提供各种酒精饮料,以振奋精神。在令人焦躁的漫长等待中,酒确实非常有用。

就这样等了几个小时。其间又有一些去往巴黎的飞机在迷雾中出现,降落在这里。很快,这间小木屋里就挤满了瑟瑟发抖、暴躁不满的人们,都在为延误抱怨。

对于希拉里来说,这一切都很不真实。仿佛她仍处于梦中,被仁慈地护佑着让她远离现实。这只是一次延误,只是一次等待。她仍在旅程之中——逃离之旅。她仍在尽力逃脱这一切,向生活可能重新开始的地方逃去。情绪正缠着她。在这漫长的、令人筋疲力尽的延误中,在夜幕降临,几辆汽车驶来,宣称要将乘客们载往巴黎的混乱中,情绪一直未散。

那是怎样的一种混乱啊,乘客、工作人员、搬运工,都拖着行李,在黑暗中匆忙来回,互相碰撞。终于坐上在浓雾中缓缓驶

---

①博韦(Beauvais)是位于巴黎西北部的一个城市。

往巴黎的汽车时，希拉里感觉自己的脚和腿都冻僵了。

这趟令人疲倦的漫长旅程共花费四个小时，午夜时分他们才抵达巴黎荣军院。希拉里心怀感激地拿好自己的行李，马上赶往提前订好的酒店。她太累了，不想吃东西，只是洗了个热水澡就爬上床睡觉了。

飞往卡萨布兰卡的飞机原定于第二天早晨十点半从奥利机场起航，但一早的奥利机场却是一片混乱。从欧洲各地飞来的航班都没有抵达，出发和到达层都挤满了乘客。

候机服务台前的工作人员一脸疲惫，耸了耸肩，说道："夫人，您无法乘坐之前预订的航班启程了！航班时间表都变了。请您稍微等一会儿，一切都会安排妥当的。"

然后她被告知飞往达喀尔①的航班上还有一个座位，通常这条航线是不经停卡萨布兰卡的，但鉴于今天的特殊情况，会在那里停留。

"夫人，如果您乘坐这趟飞机，三个小时之后就能到卡萨布兰卡了。"

希拉里毫不犹豫地接受了，那位工作人员似乎被她吓到了，同时明显很感激她的配合。

"夫人，您想象不到我今早遇到了多少麻烦。"他说，"那些先生们实在是蛮不讲理啊！这大雾又不是因我而起的！大雾自然会导致混乱，一个人必须学会平心静气地调整情绪，即便发生了行程改变这种令人不快的事。说到底②，夫人，耽误一个小时、两个小时还是三个小时，又有什么关系呢？坐哪一架飞机飞往卡萨布兰卡又有什么要紧的。"

---

①达喀尔（Dakar）是塞内加尔的首都。
②原文为法语。本书中有多处法语表述，均以仿宋表示。

不过，在这特别的一天，乘坐哪架飞机飞往卡萨布兰卡远比这个小个子法国人所说的要紧要得多。当希拉里最终抵达目的地，走出机舱感受外面的阳光的时候，一位推着一车行李的搬运工从她身侧走过，对她说："您真幸运，夫人，没有搭乘上一班飞机，就是常规飞来卡萨布兰卡的那班。"

希拉里问："为什么，发生了什么？"

搬运工紧张地四处张望，最终还是没能憋住那个秘密。他压低声音、靠近希拉里偷偷地跟她说："恐怖极了！"他继续低声道，"飞机坠毁了，着陆的时候。机长和空乘全死了，大部分乘客也死了。只有四五个人幸存，被送往医院，大都受了重伤。"

希拉里的第一反应是一种说不清的愤怒。她下意识地想，为什么我不在那架飞机上？如果我搭乘了那架飞机，现在一切就都结束了。我死了，摆脱了一切。再也不会头痛，不会再有不幸。乘坐那架飞机的人想活着，而我——我不在乎。为什么在那架飞机上的不是我？

通过了十分敷衍的海关检查后，她带着行李乘车前往酒店。这是个阳光充沛的舒适午后，太阳正渐渐西沉。清新的空气和金色的阳光——这正是她曾在脑中构想的画面。她做到了！告别了雾气沉沉、阴冷潮湿、昏暗无比的伦敦；伤心、迟疑和痛苦都被她抛在身后了。这里有鲜活的生活、色彩和阳光。

她穿过卧室，拉开窗帘，透过窗户望向外面的大街。是的，一切正如她所想。希拉里从窗边慢慢转过身，坐在床边。逃离，逃离！自从离开英国，她的脑海里就不断回响着这个词。逃离。逃离。现在她知道了——怀着一种恐怖、折磨人的寒意，她知道根本无处可逃。

这里和伦敦别无二致。她自己，希拉里·克雷文，也没有改变。她想逃离的正是希拉里·克雷文，然而希拉里·克雷文还是希拉里·克雷文，无论她身在摩洛哥还是伦敦。

她轻声对自己说："我是个多么愚蠢的傻瓜。我真傻啊！我竟然认为离开伦敦就会有完全不同的感觉。"

布伦达的坟墓还在英国，那个可悲的小土堆，而奈杰尔也将会在英国迎娶新妻子。为什么她会以为离开了英国，这两件事对她来说就没那么重要了？这不过是她的美好幻想。好了，这一切都过去了。她要面对现实，面对自己，面对她能承受的以及无力承受的。希拉里想，人总能熬过去的，只要还有理由承受一切熬过去。她承受了长期的病痛折磨，承受了奈杰尔的背叛和背叛所引发的残酷悲惨的境遇。她选择承受这一切，全因为布伦达。然后为了布伦达的生命，她又经历了一场进展缓慢的漫长战斗——最终她输了……现在已经没有值得活下去的理由了。这趟摩洛哥之旅进一步证明了这一点。在伦敦时她总有一种模模糊糊的奇怪感觉，只要她能去一个新地方，就能忘记身边的麻烦事，开始新生活。于是她预订了这趟旅程，来到这个与她的过去没有丝毫关系的地方，而且这里有她非常喜欢的东西：阳光，纯净的空气，陌生人和新事物。她曾经以为来到这里一切就会变得不同。然而什么都没变，现实还是如此简单又不可逃避。她，希拉里·克雷文，不想继续活下去了。就是如此简单。

要是没有大雾干扰，要是她搭上了那架她预订的飞机的话，问题可能就解决了。此时她可能正躺在某个法国政府所属的停尸间，尸体支离破碎、伤痕累累，但精神得到了安宁，从痛苦中解脱了。不过还可以通过其他途径达到这一结果，只是要费点周折。

如果她带着安眠药的话，将会很容易。她记起问格雷医生要安眠药时医生脸上古怪的表情,接着他说:"最好不要服药,试着自然入睡对你有好处。可能一开始有点困难,但慢慢就会好的。"

他脸上的表情十分奇怪。难道他那时就知道或猜到她的打算了?哦,没事,不会太困难的。她下定决心站了起来。她现在就要出门去药店。

3

希拉里总是幻想着在国外很容易就能买到药物,她惊讶地发现事实并非如此。她去的第一家药房只给了她两次服用的量,药剂师说想要更多剂量就必须有医生开具的处方。她笑着表示谢意,表现得好像根本不在乎。迅速离开药店时希拉里跟一个神色肃穆的高个子年轻男人撞了个满怀,男人用英语跟她道歉,之后她听到那个人要买牙膏。

这不知怎的逗乐了希拉里。牙膏。多么有趣啊,普通、每一天都在用的东西。接着一阵剧痛击中了她,男人要买的牙膏品牌正是奈杰尔喜欢用的。她穿过大街,走进对面的一家店。最终她去了四家药店,好笑的是,她在第三家药店又遇到了那个年轻人,执着地向店员询问很明显卡萨布兰卡的法国药店不会有的牙膏。之后希拉里回到了酒店。

下楼享用晚餐前,她怀着近乎愉悦的心情换上连衣裙,并打扮了一番。为避免碰到同机的游客和机组人员,她耗到很晚才下楼。其实能碰到他们的概率很小,因为那架飞机是飞往达喀尔的,希拉里很可能是唯一在卡萨布兰卡下飞机的人。

她踏入餐厅的时候里面几乎没人了,不过她马上注意到那个长得像猫头鹰一样的年轻英国人就坐在靠墙的桌边,并且就快用完晚餐了。他正在阅读一份法国报纸,看上去对报纸上的内容颇感兴趣。

希拉里享用了一顿丰盛的晚餐,还喝了半瓶酒,她感到一种微醺的兴奋。她想,这算什么,最后一次冒险?接着她让服务员送一瓶维希矿泉水到自己的房间,然后就离开餐厅径直上楼去了。

送维希矿泉水的服务员为她扭开盖子,把水瓶放到桌上,跟她道了声晚安离开了房间。希拉里长舒一口气。服务员一走,希拉里就跑过去把门锁上了。她从梳妆台的抽屉里拿出那四个小药包,打开,把药片放在桌子上,倒了一杯维希矿泉水。她只需把药片塞到嘴里,再用维希矿泉水冲下去就行了。

接着她脱下连衣裙,裹上睡袍,再次坐到了桌边。她的心脏跳得很快,并有一种类似恐惧的感觉,但这种恐惧更像诱惑,而不是吓得她想放弃计划。她十分平静,头脑清醒。这才是逃离——真正的逃脱。她看向写字台,想着是否要留个字条,最终决定不留了。她没有亲人,没有密友,没有想郑重与之告别的人。至于奈杰尔,留张字条或许会让他懊悔,但她不想给他增加这无用的负担。奈杰尔或许会在报纸上读到这样一篇报道,希拉里·克雷文太太在卡萨布兰卡因过量服用安眠药身亡,不会占很大篇幅。他会照字面意思接受整件事。"可怜的老希拉里,"他会这么说,"真不幸啊!"内心深处他说不定深感解脱。她觉得自己的存在让奈杰尔有些良心不安,而他是一个希望保持坦荡的人。

不过如今奈杰尔离她非常遥远,而且竟然不那么重要了。没什么要做的了。她要吞下这些药片,躺到床上,睡过去。进入梦乡后再也不醒来。她没有——或者说她认为自己没有——任何宗教上的顾虑,布伦达的死已让她断绝了这类感觉。因此真的没有任何事要考虑了。如同在希斯罗机场时一样,她再次成为一位旅客,等待着去往一个未知的目的地,没有沉重的行李,不受离别的牵绊。这将是她的一生中第一次感到自由,彻底的自由,想做什么就做什么。过往已经从她身上剥离,清醒时长久地纠缠着她的痛苦也全都消失了。是的。轻盈,自由,没有负担!她准备好开始这段旅程了。

她伸出手去拿第一片药。恰在此时,响起一阵轻柔、小心翼翼的敲门声。希拉里皱了皱眉。她坐在那里,手悬在半空。会是谁?女服务员吗?不是,床铺已经打理好了。可能是办理文件或护照的人?她耸了耸肩,没有应门。干吗惹麻烦呢?不管是谁,见没人应就会离开,等待会儿再来。

敲门声再次响起,比上一次稍微响了一些。但是希拉里还是没有动。不会有什么要紧事的,那个人很快就会离开。

她望向房门的双眼突然因惊吓而睁大。插在锁眼上的钥匙在缓慢地转动,然后哐当一声掉落在了地板上。接着门把手一转,门被打开,一个男人闯了进来。她认出来人就是那个长得像猫头鹰、在药店买牙膏的严肃年轻人。希拉里盯着他。此时此刻她太惊讶了,以至于说不出话,也动弹不得。年轻人转身关上门,把地上的钥匙捡起来重新插进锁眼,并锁好了门。接着他径直朝她走去,坐在桌子边的另一把椅子上。他开口了,在她听来这句话十分不合时宜。

"我叫杰索普。"

希拉里的脸瞬间通红。她身子前倾,带着冷冷的愤怒问道:"请问,你要干什么?"

年轻人严肃地看着她，还眨了眨眼。

"有意思，"他说道，"这正是我来这儿想问你的问题。"他朝旁边桌子上的药片迅速地点了点头。

希拉里尖声道："我不明白你在说什么。"

"哦，不，你明白。"

希拉里顿了顿，试图组织语言。她有太多想说的了——表达愤怒，让他离开屋子。但是奇怪极了，今天好奇心占了上风。那个问题自然而然地浮上了她的嘴唇，话都说完了她才意识到自己在说什么。

"钥匙，锁里的钥匙，是自己转起来的吗？"

"哦，这个啊！"年轻人忽然像小男孩一样咧嘴笑了起来。他把手伸进口袋，拿出一个金属工具，递给了她。

"这个，"他说道，"一件非常好用的小工具。把它从另一边插入锁眼，就能抓住钥匙并转动它。"他拿回这个小工具，放回自己的口袋，又补充了一句，"小偷们就用这个。"

"这么说你是一个小偷？"

"不、不，克雷文太太，不要诬陷我。我敲门了，你肯定听到了，小偷是不会敲门的。只是你似乎不想让我进来，我才不得已使用了工具。"

"为什么？"

这位访客再一次看向桌子上的药片。

"如果我是你的话，我可不会这么做。"他说道，"那和你想的完全不一样。你以为你就是睡过去，再也不会醒来。但并不是那样的。会有各种不良反应，身体会抽搐，皮肤会生坏疽。如果你有些抗药性的话，就要过很久才会起作用，起效前若有人发现了你，那可就惨了。洗胃器，蓖麻油，热咖啡，又是拍又是打。

相信我，那非常不体面。"

希拉里靠在椅背上，眯着眼睛。她微微捏紧拳头，强迫自己露出微笑。

"你真是可笑，"她说道，"你怀疑我要自杀？"

"不只是怀疑。"叫杰索普的年轻人说道，"我相当确信。你知道的，当时我在药店买牙膏，你走了进来。哦，他们没有我想要的牙膏，于是我去了另一家店。你又出现了，还是买安眠药。嗯，我觉得这有些古怪，所以我就跟踪了你。你去了几家药店买安眠药，这一切总结起来只能说明一件事。"

他的语气十分友善、随意，却相当肯定。看着他，希拉里·克雷文抛下了所有伪装。

"可你不觉得你这么单方面地跑来阻止我，是无理且莽撞的吗？"

他思考了一两分钟，接着摇了摇头。

"不。这是你不能做的事情——如果这么说你能理解的话。"

希拉里大声说道："这一刻你能阻止我，我的意思是你能把这些药片全拿走，把它们扔出窗外之类的。但是你不能阻止我过段时间再去买更多的药片，或是从某幢楼的楼顶纵身一跃，或是冲到火车前面。"

年轻人思考了一会儿。

"是的，"他说道，"我确实不能阻止你做这类事情。但问题是，你知道的，你还想做这种事情吗？比如明天？"

"你认为到了明天我就会有不同的想法了？"希拉里带着一丝苦涩问道。

"人们通常都会这样。"杰索普带着歉意说。

"是的，或许。"她若有所思地说，"如果你是一时冲动而做了什么。但当你处于冷酷的绝望之中时,情况就不同了。你看,我没值得活下去的理由了。"

杰索普歪过犹如猫头鹰一般的头,眨了眨眼。

"有趣。"他说道。

"不,一点也不有趣,我不是一个有趣的女人。我的丈夫,那个我深爱着的人,离开了我,我唯一的孩子因为脑膜炎而痛苦地死去。我没有亲近的朋友,没有家人,没有职业,对艺术、手工等都没有兴趣。"

"你很坚强。"杰索普像在赞叹。接着他有些迟疑地问了一句:"你不认为这么做……是错的吗?"

希拉里激动地说:"为什么这么做是错的?这是我的生命。"

"哦,是的,是的,"杰索普匆忙应道,"我不是一个拥有强烈道德感的人,但是你知道的,有些人认为这么做是错的。"

希拉里说:"我不是这类人。"

杰索普含糊地应道:"确实。"

他坐在那里看着她,眨着眼睛沉思着。

希拉里说道:"所以,现在,呃……先生……"

"杰索普。"年轻人提醒道。

"所以现在,杰索普先生,你可以离开了吗?"

但是杰索普摇了摇头。

"现在还不行。"他说,"我要搞清楚,嗯,这是怎么回事儿。我已经弄明白一部分了,对吗?您对活着不抱希望,不想再活下去了,或多或少有些期待死亡。"

"是的。"

"好。"杰索普愉快地说,"我们说到这一步了,那让我们继续下一步吧。一定要服用安眠药自杀吗?"

"什么意思?"

"嗯,我已经告诉你了,服用安眠药自杀并不像人们所说的那么唯美浪漫。从大楼纵身跳下也不会太好看,你不会立即死去。卧轨也是。说了这么多,我想表达的是,还有其他方式去拥抱死亡。"

"我不明白。"

"我向你建议另一种死亡方式,一种相当冒险的方式,还伴随着激动人心的感觉。坦白说,只有百分之一的可能你死不了,而我相信若发生这种情况,你也不会拒绝继续活下去。"

"你在说什么?我一个字都没听懂。"

"是啊,当然了,"杰索普说道,"我还没开始解释这种方式呢。恐怕我要费一番功夫了——我得先给你讲个故事。我能继续说吗?"

"你说吧。"

杰索普并未在意她的勉强态度,开始郑重其事地谈论自己的计划。

"我想你是那种有读报的习惯,会紧跟时事的女人。"他说道,"你应该看到过科学家们不时失踪的报道。一年前,一位意大利科学家失踪了;两个月前,一位叫作托马斯·贝特顿的年轻科学家也失踪了。"

希拉里点点头。"是的,我在报纸上读到过。"

"好的,事实上远比报纸上报道的要多,我是说失踪的人。他们不全是科学家,其中也有一些参与了重要医学研究项目的年轻人。有化学领域的,有物理领域的,还有一位律师。哦,这儿啊那儿啊,到处都有人失踪。嗯,我们国家是一个'自由之国',如果你想离开,没人拦你。但放在这几个人身上,我们不知道他们为什么离开以及去了哪儿，还有更重要的，他们是怎么离开的？是出于自己的意志吗？是被绑架了吗？是被迫离开的吗？以什么路径离开的——通过什么组织完成，最终目的又是什么？这其中有很多问题。我们想找到答案，而你或许有可能帮我们找到答案。"

希拉里盯着他。

"我？什么？为什么？"

"我这就来给你讲讲托马斯·贝特顿失踪这件事。他两个月前从巴黎失踪了，把妻子留在了英国。她焦虑不安——至少她自己是这么说的。她发誓说自己不知道他为什么离开、去了哪儿、怎么去的。这可能是实话，也可能不是。许多人认为这不是实话，我也是其中之一。"

希拉里身子前倾，她正无法自控地越发感兴趣。

杰索普继续说道："我们打算监视贝特顿太太，但要足够低调。差不多两周前她来找我，说医生建议她去外国彻底休养一段时间，散散心。她在英国过得不太好，总有人打扰她，报社记者们、亲属和友善的朋友们。"

希拉里冷冷地说："我想象得到。"

"嗯，艰难极了。她想离开一段时间也是情理之中的。"

"非常正常，我觉得。"

"但干我们这行的都疑心很重，看什么都觉得有陷阱。我们要安排对贝特顿太太进行监视。昨天她如期离开了英国，来到卡萨布兰卡。"

"卡萨布兰卡？"

"是的。稍事停留，然后再去摩洛哥的其他地方。她的行程是提前订好了的，公开透明，但这一切或许只是贝特顿太太前往某地的掩护。"

希拉里耸了耸肩。

"我不明白，为什么跟我说这些？"

杰索普笑了。

"因为你有一头美丽的红发，克雷文太太。"

"头发？"

"是的，这是贝特顿太太身上最引人注目的特点——她的头发。你可能已经听说了，今天早一点的那班飞机，着陆的时候坠毁了。"

"我知道。我本该在那班飞机上的，我原本订的是那班飞机的票。"

"有趣。"杰索普说道，"嗯，贝特顿太太在那架飞机上。她没死，被人从失事飞机残骸里救了出来，现在在医院里。但是据医生说，她活不过明天早晨了。"

一丝微光照进希拉里心中，她带着质询的眼神看着杰索普。

"好了，"杰索普说道，"现在你或许已经明白我提供给你的自杀方式了。我建议你化身为贝特顿太太。"

"但是，这不太可能。"希拉里说道，"我的意思是，他们立马会认出我不是贝特顿太太的。"

杰索普歪着头。

"至于这个，完全取决于你所说的'他们'是谁了。这是一个意思模糊的词。'他们'是谁？是像这个代词指代的那类人吗？我们不知道。但我能告诉你的是，如果'他们'就是最常说的那类人，那么'他们'一定关系紧密、封闭、独立。这么做是为了自身的安危。如果贝特顿太太此行是有目的且有计划的，那么这边的负责人肯定完全不了解英国那边的情况。他们只会约好在特定的时间、特定的地点，跟一位特定的女士联系，接着再往下传。贝特顿太太护照上的描述是五英尺七英寸高，红发，蓝绿色的眼睛，中等嘴型，身上没有特别疤痕。好极了。"

"但是这里的当局，他们一定会……"

杰索普笑了。"这一部分不用担心。法国也失去了一些年轻、有价值的科学家和化学家，他们会配合的。我们是这样安排的。贝特顿太太因为脑震荡被送入医院，在飞机事故中受伤的另一位乘客克雷文太太也被送进了医院。一两天后克雷文太太死在了医院里，贝特顿太太虽然有些轻微的脑震荡后遗症，但可以出院，并继续旅行了。飞机事故是真的，脑震荡也是真的，脑震荡还能给你提供一个很好的掩护，它可以解释很多事情，比如突然记不住以前的事了，或者其他与贝特顿太太不符的行为。"

希拉里说道："这简直太疯狂了！"

"哦，确实。"杰索普说道，"确实疯狂，没错。这是一次非常艰难的任务，而如果我们的怀疑被证实，你可能会死。你知道我一直很坦诚，我想反正你已经准备好了去死，甚至希望去死，我认为相比卧轨之类的寻死方法，我的建议要更有意思。"

希拉里突然毫无征兆地笑了起来。

"你说得没错。"她说道。

"你同意了？"

"是的，为什么不呢？"

"那么，"杰索普猛然站了起来，动作有力，"就一分一秒都不能浪费了。"

第四章

1

其实医院并没有那么冷,只是身在其中觉得有些冷。空气中弥漫着消毒水的味道,偶尔护士推着手推车经过病房外的走廊,就能听到玻璃药瓶和各种器具碰撞发出的叮当声。希拉里·克雷文坐在床边的一把铁椅子上。

被柔和的灯光笼罩的病床上躺着奥利芙·贝特顿太太,头部缠着绷带,昏迷不醒。床两侧分别站着一位医生和一位护士,杰索普坐在远处的角落。医生转向他,用法语说道:"剩余的时间不多了,脉搏已经越来越微弱了。"

"她不会再恢复知觉了吧?"

法国医生耸了耸肩。

"这说不好。有可能,嗯,在弥留之际。"

"没别的办法了吗?兴奋剂也没用吗?"

医生摇摇头,走出了病房,护士马上跟着走了。一位修女进来站在护士之前站的地方,手指拨动着念珠。希拉里看向杰索普,然后在他的眼神示意下走到他身边。

"你听到医生怎么说了吧?"他低声道。

"是的。你想对她说什么?"

"如果她恢复了意识,我希望你能设法获得一些信息,密码、口令、口信,什么都行。明白吗?她可能更愿意对你说,而不是我。"

希拉里这才搞明白。

"你是要我去欺骗一个将死之人?"

杰索普又像鸟一样歪着头。

"这对你而言是一种欺骗?"他若有所思地问道。

"是的,是欺骗。"

他关切地望着她。

"好极了,那么今后一切都按你自己的想法来。我是不会为你操心的!明白了吗?"

"当然,为了你的职责你会不择手段,但别让我也那么做。"

"你是一名自由探员。"

"有件事我们必须现在做决定。我们要告诉她她快死了吗?"

"我还不知道。我要仔细考虑一下。"

她点点头,回到病床边的椅子上坐下。现在她心中充溢着对躺在病床上将死的女人的深深同情。这个女人真的是要去和爱人团聚吗?还是说他们都错了?也许她来摩洛哥只是为了抚慰内心,打发掉搞清楚丈夫是死是活的确切消息之前的时间?希拉里猜想着。

时间飞逝。大概两个小时后,修女转动念珠的声音停止了。她用一种温和却不带感情的声音说:"她有变化了。我想,夫人,最后的时刻即将到来。我去叫医生。"

修女离开了病房,杰索普走到病床的另一侧,背靠着墙壁站着,这样床上的女人睁眼也看不到他了。女人的眼皮颤动着,张开来。眼神空洞的蓝绿色眼眸直视着希拉里的眼睛。眼皮合上了,接着再次睁开,眼睛中闪现出微弱的困惑。

"哪儿……"

这个词浮出几乎断气的嘴唇,此时医生恰好踏进病房。医生抓起她的手,手指按着脉搏,站在床边低头看她。

"夫人,您是在医院,"他说道,"飞机失事了。"

"飞机?"

她仿如梦呓般重复着这个词,声音极其微弱。

"夫人,您在卡萨布兰卡有想见的人吗?要我们为您传达什么信息吗?"

她难受地抬起眼睛看向医生的脸,说道:"没有。"

她再次看向希拉里。

"谁——谁?"

希拉里俯下身子,清晰无比地说着:"我也是从英国坐飞机来的……如果我能为您做什么的话,请告诉我。"

"不……没有,没有,除非……"

"什么?"

"没有。"

眼皮再次颤动,接着她半闭上眼睛。希拉里抬起头看向杰索普,后者以专横的眼神下达了命令。但希拉里坚决地摇了摇头。

杰索普走过去,紧靠着医生。濒死的女人再次睁开眼睛,忽然闪现出看到熟人时的眼神。她说:"我认识你。"

"是的,贝特顿太太,您认识我。您愿意告诉我关于您丈夫的事情吗?"

"不。"

她的眼皮再次合上。杰索普迅速转身离开了病房。医生看向希拉里,温和地说道:"结束了。"

将死的女人再次睁开眼睛,痛苦不堪地环视整间屋子,最终锁定在希拉里身上。奥利芙·贝特顿的手轻微地动了动,希拉里本能地握住了她苍白冰冷的手。医生耸耸肩,微微躬身后离开了病房。奥利芙·贝特顿努力开口道:"告诉我……告诉我……"

希拉里知道她要问的是什么,忽然间她很清楚自己该怎样做了。她弯下腰贴近这个将死之人。

"是的,"她清晰有力地说道,"你就要死了。你想知道的是这个,对吗?现在听我说。我要试着去寻找你的丈夫,如果我能成功找到,你有口信要带给他吗?"

"告诉他……告诉他……要小心。鲍里斯,鲍里斯……危险……"

一声喘息打乱了她的呼吸。希拉里贴得更近了。

"您有什么要嘱咐我的吗,能给我帮助的?我的意思是,帮我跟您丈夫联络上?"

"雪。"

贝特顿太太的声音十分轻微,让希拉里有些迷惑。雪?雪?她不解地重复着这个词。这时从奥利芙·贝特顿的口中发出一阵微弱的、鬼魅般的笑声,微弱的语句从她口中滑出。

雪,雪,多美的雪!
你踩在上面,滑倒了!

她重复着最后一个字,继续道:"去……去,去告诉他关于鲍里斯的事。我无法相信。我不能相信。但这可能是真的……如果是这样,如果是这样……"她注视着希拉里的双眼中闪过痛苦的神色,"……小心……"

接着从她的喉咙里发出奇怪的咯咯声。她的嘴唇抽动着。

奥利芙·贝特顿死了。

2

接下来的五天希拉里虽然没做什么事,精神却一直处于重压之下。她把自己关在医院的一个小房间中工作,每天白天学习,晚上进行测试。迄今为止已查明的关于奥利芙·贝特顿的所有细节都被整理成册,她必须用心牢记它们。她住的房子,雇的日间女仆,亲戚,宠物狗和金丝雀的名字,与托马斯·贝特顿六个月婚姻生活中的所有细节。她的婚礼,伴娘的名字和衣着。窗帘、地毯和印花罩布的图案花色。奥利芙·贝特顿的口味,爱好,日常活动。她偏爱的食物和饮品。希拉里不由得对搜集到的信息量之大感到惊讶万分。有一次,她问杰索普:"这些真的有用吗?"

杰索普平静地答道:"可能没用。但是你必须让你自己成为真的贝特顿太太。希拉里,你这样来想。你是一位作家,在写一本关于一个女人的书,这个女人就是奥利芙。你描述她的童年生活,她的少女时代;你描述她的婚姻,她所住的房子。你越是在做这些事,那么对你来说,她就越来越像一个真正存在的人。接着你又重复一遍,把它写成一部自传。以第一人称写。你明白我的意思吗?"

希拉里慢慢点头,虽然有点抗拒但还是接受了。

"你必须先变成奥利芙·贝特顿,才能真的像奥利芙·贝特顿一样。如果有充足的时间让你来慢慢学习当然最好,但我们时间不够了,所以我只好一股脑儿地塞给你。像对小学生那样——

准备参加重要考试的学生。"他又补充道,"谢天谢地你很聪明,记忆力也极好。"

他冷静地审视着她。

护照上对于奥利芙·贝特顿和希拉里·克雷文的描述几乎是相同的,但实际上这两张脸完全不同。奥利芙·贝特顿的相貌相当平淡无奇,不受瞩目。她看上去有些固执,还不那么聪慧。希拉里的脸庞却有一种魔力和魅力,浓眉下是一双深陷的眼睛,蓝绿色眼眸深处藏着热情和智慧。她的嘴唇线条大气又柔和,嘴角上扬,下巴很不寻常——雕塑家会热爱这张脸的轮廓。

杰索普想着:她拥有热情……和勇气,还有一种顽强的欢乐精神——虽然一直被压抑着,但是没有完全熄灭。她想要享受生活,想去冒险。

"你能做到的,"他对她说,"你是个聪明学生。"

最近对智力和记忆力的挑战刺激了希拉里,现在她越发感兴趣,急切地想取得成功。仅有那么一次两次,她产生了抗拒之情,她把这种抗拒告诉了杰索普。

"你说别人不会认出我不是奥利芙·贝特顿,你说他们都只是知道她的日常习惯而不知道她长什么样。但你对此有十足的把握吗?"

杰索普耸了耸肩。

"没人对任何事有十足的把握,但我们在这类事情上有一定的经验。其实国家与国家之间是很少互通信息的,事实上,这样对他们来说更有利。假设我们在英国获得的信息是整个链条中较薄弱的一环——容我提醒一句,每个组织里都会有薄弱的一环——这薄弱的一环对法国或意大利或德国或随便哪个地方发生的事一无所知,那我们的计划就很可能会碰壁。我们只知道整个事件中的一小部分，再没有更多信息了。但对于对手来说情况也是一样。我敢说，这里的行动组织也只知道奥利芙·贝特顿将乘飞机抵达，他们知道她会坐哪一班飞机，要去给她怎样的指示。明白吗，重要的不是她这个人。或许他们会把她带到她丈夫身边，那也只是因为她丈夫希望她能来自己身边，或是他们认为把她带来，她丈夫的工作就能进展得更加顺利。她只不过是这场游戏中的一个小道具罢了。另外你必须记住，用一个假奥利芙·贝特顿来取代真的，这绝对只是一时兴起想到的主意——因为飞机失事以及您头发的颜色。我们原本的计划是密切监视奥利芙·贝特顿，搞清楚她去了哪儿、怎么去的、见了谁之类的。这也是对手们极力想隐藏的。"

希拉里问："你们之前尝试过这么做吗？"

"是的，我们在瑞士尝试过，做得非常隐蔽。总的来说，那次行动算是失败了。我们不确定是否有人与她联络过，如果有，那么那次联络必定极其简短。他们自然预料到有人密切跟踪着奥利芙·贝特顿，因此做好了准备。这次我们必须比上一次更果决、彻底，必须试着比对手更狡猾、巧妙。"

"这么说你们会密切监视着我？"

"当然。"

"怎么监视？"

他摇了摇头。

"我不能告诉你，而且你最好别知道。你不知道的东西就不会泄露出去。"

"你认为我会泄露消息？"

杰索普又露出那副猫头鹰似的神情。

"我不知道你是不是一个好演员，撒谎技巧高不高超。你知道的，这不容易，不光是讲话时慎重不慎重的问题。可能会显露在任何事中，猛地吸了口气，做什么事情时短暂地停顿了一下——点了一根香烟之类的。认出了某个名字或某位朋友。你可以迅速地掩盖，但那一瞬间就已经暴露了。"

"我明白了……也就是说，要每分每秒保持警惕。"

"没错。同时，你还要认真学习！像重返校园一样，是不是？现在你已经对奥利芙·贝特顿的情况了如指掌了，我们学习一些其他东西吧。"

密码，接头方式，各种专业知识。课程还在继续：询问，重复，想方设法让她混乱，让她崩溃；设置各种虚假方案，看她作何反应。最后，杰索普点了点头，表示对她的表现很满意。

"你能做到的。"他如长辈般拍了拍她的肩膀，"你是个聪明的学生。记住，你可能会不时觉得自己在孤军奋战，但可能并非如此。我只说可能，因为我不想让你有太高的期待，毕竟我们的敌人也聪明无比。"

"如果我能走到这趟调查之旅的尽头，会发生什么呢？"希拉里问道。

"你的意思是？"

"如果我能面对面见到汤姆·贝特顿。"

杰索普严肃地点了点头。

"是的，"他说，"那将是一个危险的时刻。我只能说，如果一切顺利的话，那时你应该就安全了。前提是事情按照我们所希望的发展；但是你要铭记，这次行动你生还的可能性不是很大。"

"你之前说可能性只有百分之一？"希拉里冷冷地问道。

"我想很可能更低。我不知道你是个怎样的人。"

"是的，你不了解我。"她似乎陷入了深思，"在你看来，我想,我不过是——"

他接口道:"一个有一头引人注目的红发,却失去了继续活下去的勇气的女人。"

她的脸涨红了。

"真尖锐啊!"

"却是事实,对吗?我不喜欢为他人哀叹,因为从某种层面上讲,这是一种侮辱。只有一个人为自身哀叹时,外人才有资格为他哀叹。而自怜自艾是当今世界最大的绊脚石。"

希拉里依旧深思着,说:"我想你或许是对的。如果我在任务中途被清除——就别管我的用词了——你会不会为我哀叹?"

"为你哀叹?不,我会大声咒骂,因为我们损失了一个值得费心力培养的人。"

"这算是对我的称赞吧。"希拉里不禁有些高兴。

接着,她以一种就事论事的口吻问道:"我突然想起一件事。你说基本没人知道奥利芙·贝特顿长什么样,但如果有人认出我是希拉里了呢?在卡萨布兰卡我一个人都不认识,但跟我搭乘同一班飞机过来的人认得我,很可能会碰巧遇到。"

"飞机上的乘客你不用担心。乘坐那班航班的都是前往达喀尔的商人,和你一起在这里下飞机的男人已经飞回巴黎了。离开这里后你就不回之前住的酒店了,去贝特顿太太预订的酒店。你将会穿她的衣服、梳她的发型,脸上再贴一两张膏药,看起来就大不相同了。哦对,我们要叫来一位医生在你身上制造几个伤疤,会局部麻醉,不会弄疼你的,让你更像遭遇了飞机事故。"

"你真是考虑周全。"希拉里说道。

"不得不这样。"

"你从来没问过我,"希拉里说道,"奥利芙·贝特顿临死之前跟我说了什么。"

"我理解你的顾虑。"

"对不起。"

"这没什么,我因此对你产生了敬意。我也想成为一个这样的人——但现在还不是时候。"

"她说了些事,我想我应当告诉你。她说'告诉他',指的应该就是贝特顿了吧,她说'告诉他要小心,鲍里斯……危险……'"

"鲍里斯。"杰索普饶有兴趣地重复了一遍这个名字,"哦!那位端正的外国少校鲍里斯·克莱德尔。"

"你知道他?他是谁?"

"一个波兰人。他去过我在伦敦的办公室。他说他是汤姆·贝特顿的姻亲。"

"他说他是?"

"嗯,这么说更准确。他说他是已经去世的贝特顿太太的表弟,但我们只有他的一面之词。"

"她惊恐极了。"希拉里皱着眉头说,"你能描述一下他吗?我希望见到他时我能认出来。"

"好。他六英尺高,体重大概有一百六十磅,浅色头发,脸像刻出来的一样没有一丝表情,浅色眼睛,举止很外国人,英文不错,但有明显的口音,身姿是军人那种挺拔。"

他又补充道:"他离开我的办公室后我找人跟踪了他,但什么也没发现。他直接去了美国大使馆,这很正常,他见我时就带着一封大使馆开的介绍信,是通常那种用词礼貌但不承担任何责任的介绍信。我猜想他要么是坐上了某人的车离开了大使馆,要么是伪装成男仆之类的从使馆后门溜了。不管怎样,他摆脱了跟踪。是的……奥利芙·贝特顿或许是对的,鲍里斯·克莱德尔可能是个危险人物。"

第五章

1

圣路易斯酒店的小会客厅里坐着三位女士,各自忙着手上的事。娇小、丰满、有一头漂亮蓝发的卡尔文·贝克太太在写信,她像任何时候一样精力充沛。卡尔文·贝克太太是典型的美国游客,富裕,看到什么都感兴趣,并不断追问细节。

坐在一把不太舒适的帝国椅上的赫瑟林顿小姐则是一位典型的英国游客,她正在织那种透着悲伤、看不出样式、英国妇女都会织的衣服。赫瑟林顿小姐又高又瘦,脖子很细,头发乱蓬蓬的,总是一脸对整个宇宙感到失望的表情。

法国小姐珍妮特·马里科仪态优雅地坐在一把竖背椅子上,正打着哈欠望着窗外。马里科小姐的金发是染的,扁平的脸上化着浓妆。她穿着时尚,对小会客厅里的其他人一点也不感兴趣,甚至打从心底看不起她们!此时此刻她正在思考性生活中的一个重大变化,没空去理会这些如动物般的游客们!

赫瑟林顿小姐和卡尔文·贝克太太都在圣路易斯酒店住了好几天了,彼此熟识。卡尔文·贝克太太带着美国人特有的友善,跟每个人都相谈甚欢。赫瑟林顿小姐虽然同样渴望陪伴,但她只和英国人,以及她认为与自己社会地位相当的美国人说话。至于法国人,她几乎都不打交道,只有曾在餐厅与孩子一起进餐,证明拥有体面的家庭生活的人除外。

一个貌似很有钱的法国商人刚进小会客厅,就被这几个女人一致的神情吓住了,于是他带着对珍妮特·马里科小姐的不舍,略带遗憾地走开了。

赫瑟林顿小姐低声数针数。

"二十八,二十九……我怎么弄成了这样。嗯,我知道了。"

一位高大的红发女人看了看小会客厅,迟疑了一会儿,接着继续沿走廊去往餐厅了。

卡尔文·贝克太太和赫瑟林顿小姐马上来了精神。贝克太太从写字台边转身,激动万分地低声说道:"赫瑟林顿小姐,你看到刚才那个往这边看的红发女人了吗?他们说她是上周那场恐怖的空难中唯一的幸存者。"

"今天下午她到的时候我看见了,"赫瑟林顿小姐因为过于激动而漏了一针,"是救护车送来的。"

"酒店经理说是直接从医院过来的。这样明智吗?这么快就离开医院。她肯定有脑震荡。"

"她的脸上还贴着胶布呢,应该是被碎玻璃割伤了。谢天谢地她没有被烧伤。我敢说飞机事故中的烧伤是很严重的。"

"简直不敢想象。真是个可怜人。不知道她丈夫是否和她一起,他死没死?"

"她丈夫好像不在飞机上。"赫瑟林顿小姐摇了摇暗黄色的脑袋,"报纸上说是一位女乘客。"

"对、对,我好像记得她的名字。贝弗利太太——不对,是贝特顿,就是这个。"

"贝特顿,"赫瑟林顿小姐重复道,"是叫这个吗?贝特顿,在那些报纸上。哦,天哪,我敢肯定她就叫这个名字。"

"皮埃尔去一边吧。"马里科小姐在自言自语,"真让人受不了!小朱尔斯,他可爱极了。况且他的父亲很有社会地位,就这么决定了。"

马里科小姐迈着优雅的步子走出了小会客厅,也离开了我们的故事。

2

事故发生五天后,托马斯·贝特顿太太离开了医院。一辆救护车将她送到了圣路易斯酒店。

她看上去苍白虚弱,脸上缠着绷带,贴着膏药。贝特顿太太立马被带到预订的客房,极富同情心的经理似乎不想马上离开。

"夫人,您遭受了多大的悲痛啊!"在热心地询问了这间房间是否合意,又画蛇添足地打开了所有的灯之后,经理说道,"但您活下来了!真是奇迹啊!多么幸运啊!据我所知只有三位幸存者,其中一位至今仍处于危险中。"

希拉里虚弱地瘫在椅子里。

"是的,确实。"她嘟囔道,"我自己都不敢相信。直到现在我也几乎记不起什么。记不清飞机失事前二十四个小时都发生了什么。"

酒店经理同情地点点头。

"哦,是的,这就是脑震荡的后果。我妹妹也曾遇到过这种情况。战时她住在伦敦,一枚炸弹投下来,把她震得晕了过去。但她很快就起来了,漫无目的地在伦敦城里转悠,在尤斯顿站搭上了一辆火车。你能想象吗？后来她在利物浦醒过来，完全不记得炸弹以及在伦敦城里转悠的事了，连怎样搭火车抵达这里的也忘了！她记得自己做的最后一件事是把裙子挂进伦敦家里的衣橱。多奇怪啊这种事，不是吗？"

希拉里表示赞同。经理躬身致意之后离开了。希拉里站起来，在镜子前照了照。她已经完全投入到所扮演的新身份中了，以至于自发地感到四肢无力，就像一个经历了严酷的考验，刚从医院出来的人那样。

她询问过前台了，得知没有给她的留言或信件。看来她的新角色要在迷茫中迈出前几步。奥利芙·贝特顿可能早被告知到卡萨布兰卡后要拨打哪个特定号码或去找某个人，只是他们不知情，也没有线索。她手边可参考的信息只有奥利芙·贝特顿的护照，信用卡，在库克斯旅行社预订的机票。票据显示她计划在卡萨布兰卡待两天，在菲斯①待六天，在马拉喀什②待五天。当然，现在这些预订票据都过期失效了，需要处理一下。护照、信用卡和附带的身份证明都处理过了：护照上的照片替换成希拉里的了，信用卡上的签名用的是希拉里写的"奥利芙·贝特顿"。文件类的东西一应俱全，她所要做的就是得体地扮演这个角色，然后静静等待着。她的王牌是那场飞机事故导致的失忆和混乱。

飞机事故是真实发生了的，奥利芙·贝特顿也确实乘坐了那班飞机。如果她之前接到过指示如今却没有完成，脑震荡这一事实也能很好地解释。迷糊、茫然、虚弱的奥利芙·贝特顿只能等待。

现在最自然的事是去休息，于是她躺在了床上，用两个小时

---

①菲斯（Fez）是摩洛哥北部的一座古城。
②马拉喀什（Marrakesh）是摩洛哥西南部的一座历史古城，有"南方的珍珠"之称。

把近期学的东西在脑子里过了一遍。奥利芙的行李已经在飞机事故中焚毁了,希拉里拿走了她随身带去医院的少量物品。她用梳子梳了梳头,在嘴唇上擦了点口红,下楼去餐厅用餐。

她备受关注,人们带着好奇和兴趣看向她。不过有几张桌子被商人们占据,他们就几乎没有看她一眼。但另有些桌子明显坐着游客,她能听到他们正在小声议论着。

"坐在那边的那个女人——有一头红发的那个,她是那次飞机事故中的幸存者,亲爱的。是的,她是被一辆救护车送到酒店的。她到的时候我看到了。她看起来仍然病恹恹的。我觉得他们是不是不应该这么快让她出院。真是可怕无比的经历啊!能够幸存真是万幸!"

用完晚餐,希拉里在小会客厅待了一小会儿,期待着或许会有人以某种方式接近她。小会客厅里还零散坐着一两个女人,这时,一位身材娇小、丰满、有一头漂亮蓝发的中年女士坐到了希拉里旁边。她声音轻快,带着美国口音。

"抱歉来打扰您,但我想跟您说几句话。您……您就是有幸从几天前的那场飞机事故中逃生的那个人吗?"

希拉里放下了正在看的杂志,回答道:"是的。"

"哦!真是可怕极了。我是说那场意外。他们说只有三位幸存者,这是真的吗?"

"只有两位。"希拉里回答道,"另一位在医院去世了。"

"天哪!不会吧!如果您不介意……小姐……夫人……"

"贝特顿。"

"哦,如果您不介意,能告诉我您坐在飞机上的什么位置吗?是飞机前部还是尾部?"

希拉里知道怎样回答这个问题,她立马答道:"尾部。"

"他们不是总说那里是飞机上最安全的部位吗?我总是坚持选择靠近后门的位置。您听到了吗,赫瑟林顿小姐?"她看向另一位中年女士。那位女士绝对是一个英国人,长着一张像马脸一样的悲伤长脸。"就像我前几天说过的,不论什么时候搭乘飞机,都不要坐到飞机机头的位置。"

"可总有人要坐在前部啊。"希拉里说。

"是,但肯定不会是我。"这位新结识的美国朋友马上回应,"哦,对了,我叫贝克,卡尔文·贝克夫人。"

希拉里也自我介绍了一番,接着话题的主导权又被贝克太太夺去,并且很容易就控制了整个谈话。

"我之前在摩加多尔玩,赫瑟林顿小姐在丹吉尔,我们是在这里结识的。贝特顿太太,您是要去马拉喀什游玩吗?"

"我是这么计划的。"希拉里说,"当然了,这次事故把我的整个计划都弄乱了。"

"哦,是啊,可以想见。但您一定要去马拉喀什。贝特顿小姐,您说是不是?"

"马拉喀什太贵了。"赫瑟林顿小姐说,"我这微薄的预算让我干什么都很困难。"

"那儿有一家很棒的酒店,叫马穆尼亚。"贝克太太接着说道。

"贵得离谱。"赫瑟林顿说道,"我连想都不敢想。对您来说自然不是问题,贝克太太,您用美金。不过有人给我介绍了一个小旅馆,又好又干净,食物也不算太差。"

"贝特顿太太,您还计划去哪些地方?"卡尔文·贝克太太问道。

"我想去菲斯。"希拉里小心翼翼地说,"就是还要重新预订酒店。"

"哦,没错,您不该错过菲斯和拉巴特。"

"您都去过了吗?"

"没有。不过我计划近期就去,赫瑟林顿小姐也想去。"

"据说那座老城依旧保持原貌。"赫瑟林顿小姐说。

这场漫无目的的谈话又持续了一会儿。接着,希拉里以刚从医院出来还有些疲惫为借口,上楼回到了自己的卧室。

这晚到目前为止还没出现什么明确的线索。那两位与她攀谈的女士一看就是典型的游客,她不敢想象她们其实有别的身份。她决定如果明天还是什么都没收到、什么都没发生,就动身去库克斯旅行社,重新安排去菲斯和马拉喀什的行程。

第二天早晨她仍旧没有收到任何信件、便条或电话。于是,快十一点时她动身前往旅行社。柜台前排着队,当终于轮到她咨询时,一位看起来职位更高的戴眼镜的职员打断了她的话。他用手肘把年轻办事员推开,透过眼镜看着希拉里。

"您是贝特顿太太吗?您的行程已经安排好了。"

"但我想是不是都过期了啊。我之前一直在医院,而且……"希拉里说。

"哦,是的,我知道那件事。请接受我为您生还的祝愿,夫人。不过我们按照您后来在电话里说的,安排好了新的行程。"

希拉里感觉到脉搏在略微加速。据她所知,没有人给旅行社打过电话。这证明奥利芙·贝特顿的行程是有人安排好的。她说道:"我都不确定他们是否打过电话。"

"打了,夫人。过来吧,我拿给您。"

他拿出火车票和酒店预付凭证,并花了几分钟说明。希拉里明天就要离开这里前往菲斯了。

午餐和晚餐时段卡尔文·贝克太太都没出现在餐厅。赫瑟林顿小姐两餐都在。希拉里从她桌旁经过时冲她点了点头，她也回了礼，但没有和希拉里搭话。第二天，希拉里买了些衣服和内衣，然后乘坐火车前往菲斯。

3

希拉里离开当天，卡尔文·贝克夫人如往日一般步伐轻快地走进酒店，马上被赫瑟林顿小姐拉住，后者那纤细的鼻子正因兴奋而颤抖着。

"我想起贝特顿这个名字了，失踪的科学家。所有报纸上都有报道，大约两个月前。"

"嗯？哦，我也想起来了。一位英国科学家……是的，他去巴黎参加一个会议……"

"是的，就是他。我猜想……您觉得那个女人有没有可能是他妻子？我去看了登记簿，她登记的地址是哈韦尔。哈韦尔，你知道的，是一个原子试验站。我认为所有原子弹都无比邪恶，可明明钴是颜料盒中多么漂亮的颜色，我小时候经常用这个颜色。最糟糕的是我知道没人能幸存。我们不该做这种实验。前几天有人告诉我，她的一个表弟，一个聪明绝顶的年轻人，说整个世界都可能遭到辐射。"

"天哪，天哪。"卡尔文·贝克太太叫道。

第六章

卡萨布兰卡让希拉里有些失望，它就是一个看上去繁荣兴旺的法国小镇，除了街道上拥挤的人群，没有一丝一毫东方气质或神秘气息。

天气一直很好，灿烂干净，她在北行的列车上惬意地透过车窗欣赏外面飞逝的景色。对面是一位看上去像旅行推销员的小个子法国男人，远处的角落里坐着一位一脸苦相、拨着念珠祷告的修女，以及两位带了许多行李、正愉快交谈着的摩尔族女人。整节车厢就这么几位乘客。坐在对面的小个子法国男人帮希拉里点了烟，接着两人聊了起来。沿途路过一些景点他都会指给她看，还讲了很多关于这座城市的故事。希拉里觉得他有趣又聪明。

"您应该去拉巴特，夫人。不去拉巴特是不行的。"

"我会试试的，但我没那么多时间。"她笑着说，"钱也不够。您知道的，身在国外，不能随身带太多钱。"

"这很简单啊。让这边的朋友安排一下。"

"在摩洛哥我恐怕没有能帮我安排的朋友。"

"下次您出行，夫人，给我个消息。待会儿我给您我的名片。我会帮您安排好一切。我经常去英国出差，您可以到时再给我钱。多简单。"

"您真是个好心人,希望我能再来摩洛哥旅行。"

"对您来说这儿的一切都很不一样吧,夫人,和英国相比。英国那么冷,整日大雾,让人抑郁。"

"是的,确实完全不同。"

"我是三周前从巴黎过来的,对我来说这里也很新鲜。我离开巴黎那天雾很大,还下雨,真是糟糕透了。一到这里就每天都是晴天。不过空气有些冷冽,您也要注意。但是纯净澄澈。干净的空气。您离开英国的时候那边天气如何?"

"正如您所说的那样。"希拉里答道,"大雾。"

"哦,是的,正是大雾的季节。雪呢,今年下雪了吗?"

"没有,"希拉里答道,"还没下雪。"她暗地里有些好笑地想,这个经常出行的小个子法国人一定是觉得跟英国人聊天就要多聊天气才好,所以就不停地谈论天气的话题。她问了一两个有关摩洛哥和阿尔及尔政治局势的问题,他很乐意回答,显示出他是个消息灵通的人。

希拉里瞥了一眼对面角落,发现那位修女正不满地看着她。摩尔族女人下车了,又有一些乘客上了车。傍晚时分列车抵达菲斯。

"请让我帮您,夫人。"

希拉里呆立着,身处嘈杂喧闹的车站让她有些晕眩。阿拉伯脚夫试图从她手中争抢行李,他们喊着、叫着、招呼着、向她推荐酒店。她求助地望向新结识的法国朋友。

"夫人,您是要去贾尔阿宫殿,对吗?"

"是的。"

"好的。那里距离这儿有八公里。"

"八公里?"希拉里感到害怕,"不在城区里吗?"

"那边是老城区。"法国男人解释道,"我,我住的酒店在新开发的城区这边。不过贾尔阿宫殿是旅行、休闲、放松身心的好去处。您知道的,那里以前是摩洛哥贵族的家宅。那里有美丽的花园,步行就可抵达未被开发的菲斯老城。看来酒店没有派车来接乘这趟火车来的游客,您愿意的话,我可以帮您叫辆出租车。"

"您真是善良极了,但是……"

法国人用流畅的阿拉伯语跟阿拉伯脚夫说了几句话,接着希拉里就坐上了出租车,行李也被推了进来,法国人还清楚地告诉她该付给贪婪的阿拉伯脚夫多少钱。其他脚夫还吵吵着说钱给的不够,但他用几个阿拉伯单词把他们赶走了。最终他从口袋里掏出一张名片,递给希拉里。

"夫人,这是我的名片,如果日后您需要我的帮助,请随时告诉我。我会在这里的大饭店住四天。"

他脱帽行礼然后离开了。在离开灯火通明的车站前,希拉里终于低头看清了名片上的字:

亨利·劳里埃先生

出租车飞速驶离城区,穿过郊区,开上一座山。希拉里试图透过窗户看看外面的景物,但此时夜幕已降临,除了经过亮着灯的建筑,其他时候什么都看不清。这里会不会就是她这趟旅程的岔路口呢,脱离正轨步入未知之境?劳里埃先生会不会就是那个劝说托马斯·贝特顿抛下工作、家庭和妻子的组织的密使呢?她焦虑不安地坐在车里的角落,猜想着自己将被带至何处。

但是出租车准确无误地把她送到了贾尔阿宫殿酒店。她从车上下来,穿过一个拱形门廊,欣喜地发现自己身处一桩东方建筑内部。这里有长沙发椅，咖啡桌以及当地制的地毯。在前台做完登记，她被领着穿过几个连通的房间，接着走过种满橘子树和各种芳香花卉的露台，爬上螺旋楼梯，最终来到一间舒适的卧房。这间屋子也是东方风格的，但是又有二十世纪旅行者所必需的"现代设施"。

服务员告诉她晚餐七点半开始。她打开行李，梳洗了一下就下楼去了。穿过狭长的东方式吸烟室，再次穿过露台，然后上了几级台阶，希拉里来到灯火辉煌的餐厅。

晚餐很精致，希拉里进餐的时候餐厅里人来人往。今晚她太疲倦了，没有精力去仔细观察所有人并对他们进行分类，不过有一两位特别显眼，引起了她的注意。有一个脸色蜡黄的老头，蓄着山羊胡。她注意到他是因为服务员都对他非常恭敬。他稍微一抬头，吃完的盘子就马上被拿走并迅速端上下一道菜。他稍微皱皱眉，就有服务员跑到他的桌边。希拉里想知道他是谁。大部分用餐的都明显是来放松休闲的游客。一个德国人坐在中间的大桌子边，一个中年人和一个有一头美丽金发的姑娘坐在一起——希拉里觉得他们是瑞典人或丹麦人，还有一对英国夫妇带着两个孩子，几小堆美国人，以及三个法国家庭。

用完晚餐，希拉里在露台上喝了些咖啡。外面有些凉意但还受得了，她非常享受这里浓郁的花香。这一天她很早就上床睡觉了。

第二天早晨，希拉里坐在洒满阳光的露台上，头顶是红条纹的遮阳伞，她突然觉得这整件事奇妙无比。她坐在这里，假装成一位已经死了的女士，期待着一些戏剧化的、不寻常的事情发生。不管怎么说，那个可怜的奥利芙·贝特顿也很有可能只是为了散散心，从哀伤中解脱才出国的，不是吗？可能那个可怜的女人也和其他人一样,对一切一无所知。

她临终前说的话其实也可以解释,她想提醒托马斯·贝特顿防备一个叫鲍里斯的人。当时她思维混乱迷糊,于是念了一段奇怪的短诗,还说一开始并不相信。她不相信什么?可能只是在说托马斯·贝特顿就这样失踪了。

直到现在都没有暗含深意的指令,没有有用的线索。希拉里盯着下方的露台花园,那里美极了,美丽而祥和。孩子们叫嚷着在露台跑上跑下,妈妈们用法语呼唤、责骂着。那个金发瑞典姑娘走过来,在一张桌子旁落座,打了个哈欠。她拿出一支浅粉色的口红,在已经涂抹得很精致的嘴唇上抹了抹,又对着镜子照了照,微微皱起眉头。

不一会儿,她的伴侣——希拉里觉得那是她丈夫,但也没准儿是她父亲——走了过来。她面无笑意地跟他打了个招呼,然后倾身对他说了些什么,显然是在抱怨。男人先顶了几句,然后又开始道歉。

那个脸色蜡黄、留着山羊胡的老头也从下面的花园走上露台,在最里面靠墙的桌子旁坐下,马上就有服务员跑过去招呼他。听他说完要求后,服务员鞠了一躬就匆忙去准备了。那个金发姑娘兴奋地抓住同伴的胳膊,眼睛直直地看向老头。

希拉里点了一杯马提尼,酒端上来的时候,她低声询问服务员:"那个坐在墙边的老头是谁?"

"哦!"服务员夸张地倾身向前,道,"那是阿里斯提德先生。他非常——这么说好像不太好,但确实如此,他非常有钱。"

服务员似乎因为想到那巨大的财富而叹了口气,希拉里看向远处那位弯腰驼背、佝偻在桌旁的老头。他满脸皱纹,干瘪瘦小,老得像个木乃伊。但他拥有巨大的财富,于是服务员们个个殷勤百倍、低声下气地为他服务。阿里斯提德老先生动了动身子,眼神在一瞬间与希拉里的眼神交汇了。他盯着她看了一小会儿,然后把目光转向了别处。

他不是个普通人,希拉里暗自想着。即便隔着这么远的距离,依旧能看到他眼睛里透出的智慧与活力。

金发姑娘和她的护花使者站起来去餐厅了。刚才那位服务员自认为有义务向希拉里做更多介绍,便在收拾完杯碟后来到她的桌边,说道:"那位先生,是瑞典的一位大资本家。非常有钱,地位很高。跟着他的女士是一位电影明星,他们说她是另一个嘉宝①。她非常时尚,非常漂亮,在先生身边为他增色不少,最经典的情侣组合!但她对什么都不满意。她就是人们常说的对这个地方'厌倦了',菲斯没有珠宝店,没有其他贵妇称赞羡慕她的礼服。她要求先生明天带她去一个更有趣的地方。唉,有钱人也不总能享受平和和安宁。"

他的感慨还没抒发完,就看到有人弯起食指招呼他,他匆匆结束了介绍,犹如过电了一般迅速穿过露台。

"先生?"

大部分人都去吃午餐了,但希拉里早餐吃得比较晚,不急着去用午餐。她又点了一杯饮料。一位长相俊美的年轻法国男人从酒吧来到露台,他快速却谨慎地看了一眼希拉里,眼神没有过多的掩饰,似乎在问:"这儿发生了什么事吗?"接着他走下露台,一边走一边低声哼唱着一段法国歌剧:

顺着玫瑰和月桂树

---

① 指瑞典籍演员葛丽泰·嘉宝(Greta Garbo,1905—1990),好莱坞著名影星,代表作有《茶花女》《安娜·卡列尼娜》等。

想象着爱情的暖意①

这几句歌词在希拉里的脑海中描绘出一小幅画面。顺着玫瑰和月桂树。月桂树。劳里埃②？这不是火车上遇到的那位法国男人的名字吗？这两者之间有联系吗，还是只是巧合？她打开包，找出那张名片。亨利·劳里埃，新月路三号，卡萨布兰卡。她把名片翻过来，背面似乎隐隐有铅笔字迹，像是先写上去又用橡皮擦掉了。她试图分辨这些字：开头是"在哪里"，接下来的字她实在分辨不出，最终她又认出了"好日子"。她摇摇头，打消了认为这是一条信息的念头，把名片放回包里。这肯定是一条格言，写完又用橡皮擦掉了。

一个影子罩在她身上，她抬头看，惊讶地发现阿里斯提德先生就站在她面前。但他没有看她，而是远眺着花园那边山的轮廓。她听到他叹了口气，接着猛然转身走向餐厅，没想到他的衣袖扫到了她桌子上的杯子，杯子掉在露台上摔碎了。他迅速转过头，礼貌地道歉："哦。非常抱歉，夫人。"

希拉里笑着用法语不断地说没关系。他轻轻晃动手指招呼服务员。

服务员如平常一样迅速跑来。老头吩咐给希拉里再上一杯酒，并再次致歉，然后走向了餐厅。

那位年轻的法国男人还在哼唱着，再次出现在露台。他故意在希拉里身边停留了一会儿，但因为希拉里没什么表示，他便如哲人般不屑地耸了耸肩，去吃午餐了。

一家子法国人走过露台，父母呼唤着孩子。

---

①出自法国歌剧《拉克美》(Lakme)。
②月桂树法语为 Laurier，也可当作人名，译为劳里埃。

"过来,波波。干什么呢?赶紧!""不要再玩了,宝贝儿,该去吃午饭了。"

这个美好家庭的小小投影走上台阶进入餐厅。希拉里突然感到一阵孤独和恐惧。

服务员把酒给她端上来了。她问服务员阿里斯提德先生是否是独自一人来这里的。

"哦,夫人,任何一位像阿里斯提德先生那么有钱的人都是绝对不会单独出行的。他带了贴身男仆、两位秘书和一位司机。"

看得出来,希拉里认为阿里斯提德先生会单独出行的想法让服务员很震惊。

当希拉里终于踏入餐厅用餐的时候,她注意到那个老头还和昨天晚上一样,独自坐在桌子旁。旁边的桌子坐了两个年轻男人,她觉得是阿里斯提德先生的秘书。因为她注意到他们中总有一个保持警惕,不时望向阿里斯提德先生那边。然而干瘪得像瘦猴子一般的阿里斯提德先生自顾自地吃着午餐,似乎完全没有注意到他们的存在。很明显,在阿里斯提德先生看来,秘书就不算人!

下午的时光像梦一般虚度了。希拉里在花园里漫步,从一个露台走到另一个露台。这里的安详与美丽让人叹为观止。这里有喷泉,有耀眼的金色橙子闪闪发光,各种香味扑鼻而来。这种隐居地般的东方气息让希拉里沉醉。封闭的花园是我的姐妹,我的伴侣[①]……这才是花园的意义所在,一个与世隔离的地方,满眼绿色与金光。

如果我能待在这里,希拉里想,如果能一直待在这里……

[①]这句出自公认的拉丁文圣经《雅歌》(*Song of Songs*)。

但她的脑海里真正所想的并不是真实的贾尔阿宫殿的花园，而是这座花园所代表的一种心境。当她不再找寻宁静的时候，宁静自己就上门了。当她决定以身试险时，却自然地找到了内心的平和。

不过可能根本没什么挑战和危险……她可能会在这里待一段时间，什么事也不会发生……接着……

接着会怎样？

一丝凉风吹来，希拉里颤抖了一下。你误入一座宁静祥和的花园，但最终还是不属于这里。混乱的世界，艰难的生活，悔恨和绝望，这些都沉重地压在她身上。

临近傍晚，阳光已经没那么猛烈。希拉里又依次走过每层的露台，回到酒店内部。

昏暗的东方式休息厅里笼罩着愉悦的氛围，有人正喋喋不休地说着话，希拉里的眼睛终于适应了暗淡的光线后，她认出了卡尔文·贝克太太那头刚染的蓝色头发，以及一如往常的漂亮脸蛋。

"我刚坐飞机到的，"她解释道，"我真是忍受不了火车——花费的时间太漫长了！而且坐在里面的人大多不讲卫生！这类国家的人根本就没有卫生的概念。亲爱的，你应该去看看露天市场上卖的肉——苍蝇到处飞。他们好像认为苍蝇落在任何东西上都是再正常不过的了。"

"确实如此。"希拉里应道。

卡尔文·贝克太太可不准备就此停止陈述她的观点。

"我坚决支持'洁食运动'。在我们国家，容易腐坏的事物总会用玻璃纸包起来——但甚至在伦敦，面包和蛋糕也都没有外包装。现在跟我说说，您去周边玩过了吗？我猜您今天去游览了古城吧?"

"我怕是什么也没'做'。"希拉里笑着说,"我光坐在阳光下了。"

"哦,是啊,我忘了,您刚出院。"显然,身体欠佳是卡尔文·贝克太太唯一能接受的没有出门观光的理由,"我怎么这么傻?真是的。当然了,经历了那么大的冲击,您需要长时间地躺在光线柔和的屋子里休养。过段时间我们就能一起出去游玩了。我是那种喜欢快节奏生活的人,所有事都要事先计划安排好,每一分钟都要填满。"

对于希拉里当前的情绪来说,这种安排简直像地狱一样可怕。但她赞赏了卡尔文·贝克太太充沛的精力。

"嗯,我确实算是同年纪的女人中身体相当不错的。我几乎不会感到疲惫。你记得在卡萨布兰卡见过的赫瑟林顿小姐吗?那个长着一张长脸的英国女人。她今晚到。她喜欢坐火车而不是飞机。谁会选这家酒店住啊?我想大部分是法国人吧,还有度蜜月的新婚夫妇。现在我要去看看我的房间了。刚才给我安排的那间我不喜欢,他们说会给我换一间。"

卡尔文·贝克夫人像阵旋风一样离开了。

傍晚,希拉里走进餐厅,最先看到的是坐在靠墙的一张小桌子旁用晚餐的赫瑟林顿小姐,她面前摊着一本丰塔纳指南。

晚餐后,三位女士坐在一起喝咖啡,赫瑟林顿小姐对瑞典商业巨头和金发电影女星的组合很感兴趣。

"肯定没结婚,我知道的。"她声音很轻,用不满的态度来掩饰对此事的兴趣,"在国外,这样的事情太多了。坐在窗边的那一家子法国人感觉很美满啊,孩子们似乎很喜欢他们的爸爸。不过法国孩子睡觉的时间太晚了。有时候都十点了他们还要吃一顿饭再上床，而且是一整套正餐，不像一般孩子只喝牛奶吃饼干。"

"他们看起来身体都不错。"希拉里笑着说道。

赫瑟林顿小姐摇了摇头，发出不赞同的声音。

"他们今后就会付出代价了。他们的父母甚至让他们饮酒。"她冷酷地预测道，似乎没有什么比这个更恐怖了。

接着卡尔文·贝克太太开始安排明天的计划。

"我不想去古城区了，"她说道，"上次来时我已经转了个遍。那儿有趣极了，像个迷宫，你明白我在说什么吧，一个古怪、老旧的世界。要不是带着一个随身导游，我估计都不认得回酒店的路。你在那里就是会迷失方向。我那位导游是个非常好的人，他给我讲了很多有意思的事情。他说他有个兄弟在美国——我记得是在芝加哥。我们游览完古城，他带我去了一个类似饭店或茶室的地方，在山坡上，可以俯瞰整个古城——景色壮观极了。不过我不得不喝下那可怕的薄荷茶，当然了，那东西恶心极了。接着他们又希望我买各种东西，有一些挺好的，还有一些简直是垃圾。这件事教会我人一定要坚定。"

"是的，确实。"赫瑟林顿小姐说，还不满地补充道，"而且，不该在买旅游纪念品上浪费钱。外币限制真是招人烦。"

第七章

1

希拉里想尽力避免和令人压抑的赫瑟林顿小姐结伴游览菲斯古城，幸好后者应贝克太太之邀去乘车游玩了。赫瑟林顿小姐的旅游经费不够，于是贝克太太一表明自己会付车费，她就欣然赴约。希拉里在问询台咨询之后雇了一名导游，出发去游览菲斯城。

他们从露台走下一层一层的花园，到达一扇嵌在墙里的巨大的门前。那位导游掏出一把仿如猛犸象的牙齿般巨大的钥匙，打开门锁后缓慢地拉开大门，示意希拉里先过。

门外仿佛是另一个世界。四周都是菲斯古城的城墙。狭长蜿蜒的街道，高耸的古城墙，经过一扇大门时希拉里偶然瞥了一眼门内，竟看到许多背着货物的驴子、背着重物的男人、男孩及女人——有的蒙着面纱，有的没有。正是当地人神秘而繁忙的日常生活状态。在这狭长街道里闲逛的她忘记了其他任何事，包括她的任务，生命中过往的悲剧，甚至忘了她自己。她感到眼睛和耳朵都不够用，仿佛漫步于一个梦中世界。唯一让她感到烦恼的是那位导游不停地跟她说着话，极力建议她去那些她不是很想去的商店。

"您看看，夫人，那个男人那里有些很不错的东西，非常便宜，非常古老，非常具有摩尔风格。他有长袍和丝绸。您喜欢美丽的玻璃珠吗？"

东方人向西方人推销商品的那一套一刻没停，但这依旧没有毁坏这里的魅力。她很快就失去了方向，不知自己要去何处。在这个到处都是围墙的城市里，她不知道自己是在往南还是往北，甚至分不清这条街刚才是否走过。导游再次提出建议时她已经筋疲力尽了，这显然是这趟游览行程的一部分。

"我带您去一幢非常漂亮的房子，非常精致。那儿有我的朋友。您能在那儿喝薄荷茶，他们会给您看非常多的好东西。"

希拉里知道这个开场白意味着什么，卡尔文·贝克太太描述过。但她还是很愿意一试，想看看会被带去看什么东西。明天，她暗自想到，我要一个人游览古城区，不要导游在身边一直絮叨个不停。于是她跟随导游穿过城门，沿着一条城墙外的蜿蜒小径往上爬了一小段，最终抵达一幢本地建筑风格、被花园环绕的迷人房子。

她被带进一间可以俯瞰城市景观的大房间里，应邀坐在一张小咖啡桌边，接着薄荷茶就被端上了桌。对于希拉里这个不爱在茶里放糖的人来说，喝这种薄荷茶真是个苦差事。但是不把这种薄荷茶当茶，而仅仅当作一种新款柠檬汁的话，她就觉得不错。她怀着同样的欣赏心情对待他们拿出的地毯、玻璃珠、织物、刺绣等各种东西，并出于礼貌而不是真心想要买下了一两件小玩意儿。那位不知疲倦的导游接着说道："我备好了车，可以带您小小地兜个风。最多一个小时，不会太久，看看美丽的景色和这座城市。接着我们回酒店。"他又相当得体而委婉地补充了一句，

"在出发前,这位姑娘会带您去一下女盥洗室。"

刚上过茶的姑娘站在她身边笑了起来,并立马用英语小心地说道:"是的,是的,夫人。您跟我来,我们这儿的盥洗室非常不错,非常舒适。就像丽兹酒店里的一样。像纽约或芝加哥的。您看看就知道了!"

希拉里微微一笑,跟着那位姑娘去了。盥洗室虽然没有他们所称道的那么舒适,但起码有自来水。这里还有洗脸盆和一面上面有细小裂纹的镜子,但当她在镜子中看到因裂纹而扭曲的脸的时候,吓得整个人抖了一下。希拉里洗了洗手,拿出自己的手帕擦干,她还是不太放心挂在旁边的毛巾。接着她转身准备离开。

可是盥洗室的门好像被什么卡住了。她扭动着把手,发出咯咯的金属声,却开不开门。把手纹丝不动。希拉里猜想门是不是从外面锁上了。她非常生气。干吗把她锁在这里啊?接着她发现这间盥洗室的角落还有一扇门。她走过去转动把手,这一次门很容易就打开了。她走了出去。

她发现自己身处一间东方韵味的小屋,从墙壁高处的裂缝漏进来的阳光是屋里唯一的光源。一张低矮的沙发椅上坐着一个正在抽烟的男人,正是她在火车上遇到的小个子法国人亨利·劳里埃先生。

2

他没有起身,只是口头上打了声招呼,声音听起来有些细微的变化。

"下午好,贝特顿夫人。"

希拉里因为过于震惊而愣在原地。原来如此——原来是这样!她控制好自己的心神。这就是你一直期待的事情,现在你要以"她"的方式行事了。她走上前去,急切地说:"你有新消息了?你能帮我?"

男人点了点头,然后语带责备地说:"夫人,您在火车上时真是迟钝。可能您太习惯于谈论天气了。"

"天气?"她盯着他,不明所以。

在火车上他都说了些什么有关天气的话?冷?大雾?雪?

雪。奥利芙·贝特顿弥留之际跟她耳语的也是雪。那时她引用了一小段诗句。是什么来着?

雪,雪,多美的雪!
你踩在上面,滑倒了!

希拉里结结巴巴地复述着。

"没错。可为什么您没有按约定立即给出回应?"

"你不知道,我病了。我乘坐的飞机坠毁了,我患上了脑震荡,住了很长时间医院。脑震荡对我的记忆产生了严重的影响。很久之前的事我倒是记得很清楚,但有一些可怕的记忆空白带——空白。"她举起手来抱着头,很自然地控制着声音,仿佛真的感到恐惧,"你不明白这有多可怕。我总感觉自己忘了什么重要的事情——真正重要的事情。我越是努力回忆,越是什么都想不起来。"

"是的,飞机出了事故,真是不幸极了。"劳里埃说道,态度极其冷静,一副公事公办的样子,"那么,您是否还有精力及勇气继续这趟旅程,就是个问题了。"

"我当然要继续。"希拉里失声叫道,"我丈夫——"她无法说完整句话。

男人笑了,但那不是一个开心的笑容,而有些像鬼鬼祟祟的猫。

他说道:"您的丈夫,是的,据我所知,他正急切地等着您呢。"

希拉里不成声地说道:"你无法想象……无法想象他不在的这几个月我是怎么熬过来的。"

"在你看来,英国当局是否知道你对此事的了解程度呢?"

希拉里略显激动地摊开双手,说:"在我看来——我怎么知道?他们似乎没什么不满意的。"

"虽说如此……"男人欲言又止。

希拉里缓缓应道:"在我看来,很有可能我这一路都有人跟着。我说不出具体哪个人可疑,但自打我离开英国,就一直觉得处在某人的监视之下。"

"这是自然,"劳里埃冷冷地说道,"我们也早就想到了。"

"我想我应该告诉你这些,好让你保持警惕。"

"我亲爱的贝特顿夫人,我们不是孩子。我们明白该做什么。"

"抱歉。"希拉里顺从地说,"恐怕是我太无知了。"

"你只要听从指挥就行,无知一点也没关系。"

"我会听从的。"希拉里低声说道。

"自你丈夫失踪那天起,在英国的你就被密切监视着,对此我毫不怀疑。但即便如此,你还是收到了消息,不是吗?"

"是的。"希拉里答道。

"现在,"劳里埃再次公事公办地说道,"夫人,我要向你传达命令了。"

"快说吧。"

"后天你要从这里前往马拉喀什。这与你的计划及预订的旅馆机票都是吻合的。"

"嗯。"

"抵达那里的第二天,你会收到一封发自英国的电报。我不知道电报具体写了什么内容,但肯定能帮你做好马上回英国的准备。"

"我又要回英国了?"

"请你听我说完。到时候你要去订一张第二天离开卡萨布兰卡的机票。"

"那要是我订不上该怎么办——如果所有座位都被订光了呢?"

"不会都被订光的,所有事都安排好了。那么你听明白指示了吗?"

"明白了。"

"那就请你回去吧,你的导游还在等呢。你在女士盥洗室里待得太久了。哦对了,你是不是和同住在贾尔阿宫殿酒店的一位美国女士和一位英国女士成了朋友?"

"是的。不能这么做吗?当时情势难免。"

"你做得没错,这对我们的计划很有利。如果你能劝说其中一位陪你一起去马拉喀什,那就再好不过了。再见,夫人。"

"再见,先生。"

"我们应该不会再见面了。"劳里埃先生不带丝毫感情地说道。

希拉里回到女盥洗室。这次她发现之前那扇门没有上锁。几分钟后她回到茶室,再次见到了她的导游。

"我找到了一辆很好的车，"导游说，"现在我们出发去兜个风吧。"

行程按计划推进。

3

"这么说您明天就要前往马拉喀什了。"赫瑟林顿小姐说道，"您在菲斯可没待多久啊，不是吗？先去马拉喀什，再来菲斯，最后返回卡萨布兰卡，这样的行程不是更好吗？"

"确实如此。"希拉里说道，"但这里的酒店不好预订。人太多了。"

"英国人不是太多。"赫瑟林顿小姐悲伤地说，"现如今，出门旅行都几乎碰不到同胞了。"她轻蔑地四处打量了一番，"都是些法国人。"

希拉里微微一笑。在赫瑟林顿小姐看来，摩洛哥是法国的一块殖民地似乎并不能说明什么，她认为，在国外的任何酒店，英国游客都该享受特权。

"法国人、德国人、亚美尼亚人和希腊人。"卡尔文·贝克太太咯咯笑着说道，"我想，那个脏兮兮的小老头一定是个希腊人。"

"有人告诉我他的确是。"希拉里说道。

"看起来是个重要人物。"贝克太太说，"看看服务员，总是围着他转来转去。"

"如今他们都对英国人不上心了。"赫瑟林顿小姐沮丧地说道，"总是给我们安排黑乎乎的糟糕房间，以前男仆和女仆住的地方。"

"唔，要我说，摩洛哥的住宿条件没什么毛病。"卡尔文·贝克太太说道，"每次我都能设法搞到最舒适的、能泡澡的房间。"

"您是个美国人。"赫瑟林顿小姐尖酸地说，语调中饱含恶意。她一边说话一边把毛衣针弄得啪啪响。

"要是你们能跟我一起去马拉喀什就好了。"希拉里说，"能遇到你们，和你们聊天，真是太愉快了。真的，一个人旅行太孤单了。"

"我去过马拉喀什了。"赫瑟林顿小姐大声说道。

卡尔文·贝克夫人却被这个主意打动了。

"哦，这是个好提议。"她说道，"我是上个月去的马拉喀什，很想再去一趟。我能带您四处转转，贝特顿太太，还能防止您被骗。去一个地方要知道该去哪儿玩，才能体会其中的美妙。我现在就去办事处看看能做些什么安排。"

赫瑟林顿小姐在卡尔文太太离开后刻薄地说道："美国女人都这样，从一个地方急急匆匆赶到另一个地方，在任何地方都不能好好停留。今天在埃及，明天就到了巴勒斯坦。我觉得她们有时连自己身处哪个国家都不清楚。"

她忽然闭上嘴，收拾起针线，向希拉里点头致意后，离开了这间土耳其式的房间。希拉里看了看手表，决定今晚不像往常那样先换衣服再用晚餐了。她一个人坐在低矮昏暗、挂着很多东方饰物的屋子里。一位服务员进来看了看又走了，之后带着两只小台灯回来。灯光不是很亮，正好让室内呈现出一种很舒适的昏暗，有一种东方式的静谧。希拉里倚在矮沙发里，思考着接下来要怎么办。

昨天她还在想她参与的这整件事是不是一场骗局。但是现在——现在她要开始真正的旅程了。她必须小心翼翼，非常谨慎，不犯任何错误。她必须成为奥利芙·贝特顿，受过普通教育，乏味无趣，传统顺从，但有明显的"左"倾倾向，并且对自己的丈夫忠心耿耿。

"我不能出任何差错。"希拉里压低声音对自己说。

身在摩洛哥，一个人坐着感觉奇怪极了。她感觉自己来到了一个神秘而魅力无穷的地方。身边那盏昏暗的灯！如果把刻着花纹的黄铜灯台握在两手之间摩擦，灯神会现身吗？她被自己竟产生这种想法惊呆了，同时台灯旁边真的突然出现一个人，是阿里斯提德先生皱皱巴巴、留着尖尖的山羊胡的小脸。他礼貌地点头致意后坐在了希拉里的身旁，并开口问道："夫人，我可以坐这里吗？"

希拉里礼貌地点头应允。

老人打开烟盒，递给希拉里一支烟，接着为自己也点了一根。

"夫人，您喜欢这个国家吗？"一两分钟后，他问道。

"我待得不久。"希拉里说，"我发现这里非常引人入胜。"

"哦。你去过古城区了吗？喜欢那里吗？"

"我觉得那里美妙极了。"

"是的，美妙极了。昔日的一切——贸易，阴谋，流言，暗地里的活动，城市的秘密和激情都被关在窄小的街道和高墙之中。知道我是怎么想的吗，夫人，当我漫步在菲斯的街道中时？"

"不知道。"

"我想到了伦敦的西大道，想到了你们那儿街道两边的工厂。我想到那些被霓虹灯照亮的建筑，开车行驶在路上的时候你可以清楚地看到里面的人。那里没有什么秘密，没有一丝神秘感可言。甚至窗户上都不挂窗帘。没有,他们就在那里工作,全世界只要想看就能看到他们。就像揭开蚂蚁窝的顶。"

"您的意思是,"希拉里颇感兴趣地说,"这种反差吸引了您。"

阿里斯提德先生缓慢地点了点苍老的头颅。

"是的。"他说道,"在那里,一切都是公开的;而在菲斯的老街,没有什么是在阳光下的。这里的一切都是隐蔽、晦暗不明的……但是……"他身子前倾,手指轻敲黄铜制的咖啡桌,"但发生的事情是一样的。同样残酷,压抑,对于权力的欲望,讨价还价以及争论不休。"

"您认为人类的本性都是一样的,不论在哪儿?"希拉里问道。

"在任何国家,不论过去还是现在,总是被两件事支配。残暴和仁慈!不是这一个就是另一个,有时候二者同时存在。"他语气丝毫未变地继续说道,"他们告诉我,夫人,那日您搭乘的前往卡萨布兰卡的飞机出了事故,是真的吗?"

"是的,是真的。"

"我真羡慕您。"阿里斯提德先生出人意料地说。

希拉里十分惊讶地看着他。他猛烈地点了点头。

"是的,"他补充道,"您值得被羡慕。您拥有了那样的经历,我很想拥有濒死的体验。经历险境并幸存下来。夫人,您不觉得自那之后您就与往昔不同了吗?"

"那是一次相当不幸的经历。"希拉里说道,"我患上了脑震荡,头痛欲裂,记忆还受到了影响。"

"那些只不过是不方便之处。"阿里斯提德先生摆摆手说道,"但是您经历了精神上的冒险,不是吗?"

"确实,"希拉里缓缓说道,"我经历了精神上的冒险。"

她想起那一杯维希矿泉水和一小堆安眠药。

"我从未有过这类体验。"阿里斯提德先生不满地说,"我经历过不少事,唯独没有这种体验。"接着他站起身,点头道,"夫人,向您致敬。"说完就离开了。

第八章

希拉里心想,所有的机场都是何其相似!都没有什么特别之处,都与所属的城镇距离遥远,导致在这里的人产生一种无国界、脱离现实的感觉。你能从伦敦飞往马德里、罗马、伊斯坦布尔、开罗,去任何你想去的地方,但如果你搭乘的是直飞航班,途经的城市什么样你会一点概念都没有!即便你从空中瞥到了城市全貌,那也不过是一张美化过的地图,就像用儿童积木搭建而成的。

而且,她环视四周,烦恼地想着,为什么人们总是过早地赶到机场呢?

她们在候机厅等了大约半小时。决定陪同希拉里去马拉喀什的卡尔文·贝克太太自打到机场就絮絮叨叨地说个不停,希拉里机械地回应着。但此时,她发觉贝克太太停下了絮叨,注意力转移到坐在她旁边的两位乘客身上。他们都是高大英俊的年轻人,一个是美国人,脸上挂着友好的笑容;另一个表情严肃,看上去像是丹麦人或挪威人。丹麦人说话语速很慢,语调沉重,用词谨慎陈腐。美国人则明显因为发现了美国同胞而非常高兴。没过多久,卡尔文·贝克太太就转向希拉里,认真地说道:"嗯,这位先生,我想向您介绍我的朋友,贝特顿太太。"

"我叫安德鲁·彼得斯,朋友们都叫我安迪。"

另一位年轻人站起身,僵硬地点头致意道:"托基尔·埃里克森。"

"那么现在我们算认识了。"卡尔文·贝克太太高兴地说道,"你们也要去马拉喀什吗?这是我朋友第一次去那边……"

"我,也是,"埃里克森说道,"我,也是第一次去。"

"我也是。"彼得斯也说。

广播忽然响起,播报一则法语通知。虽然听不太清,但似乎是他们搭乘的飞机开始登机了。

这次航班除了贝克太太和希拉里之外,还有四位乘客。彼得斯和埃里克森,一位高瘦的法国人,以及一位面色严峻的修女。

天气晴好,非常适宜飞行。希拉里靠在椅背上,半闭着眼睛观察其他几位乘客,试图以此赶走脑海中的焦虑思绪。

卡尔文·贝克太太坐在前一排、过道另一侧的位子,正在翻看一本服装杂志。她身上的灰色旅行套装让她看上去像一只心满意足的胖鸭子,一顶插着羽毛装饰的帽子扣在她蓝色的头发上。那个充满活力的英俊美国年轻人彼得斯坐在贝克太太前面,贝克太太不时前倾拍拍他的肩膀,然后他就转过身来,露出好看的笑脸,活力满满地回应她。希拉里想,美国人多么好脾气、多么友善啊,与呆板的英国游客完全不同。比如她就不敢想象赫瑟林顿小姐能这么轻易地和同一航班上的英国年轻人聊起来,她怀疑英国年轻人也不会像这个美国年轻人那样热情地回应别人。

和希拉里隔着过道坐着挪威人埃里克森。

两人目光交汇的时候,埃里克森僵硬地点点头致意,并侧过身子把刚合上的杂志递给希拉里,希拉里表示感谢并接了过来。埃里克森身后是那位高瘦阴郁的法国人,此时他的腿伸到了过道里，看上去好像睡着了。

希拉里别过脸向后看，发现那位面色严肃的修女坐在她后面。修女的眼神非常冷漠，似乎对什么都不关心，与希拉里的目光交汇也没增加什么感情。她一动不动地坐着，双手交叉。在希拉里看来这一幕仿如奇异的把戏，一个中世纪打扮的女人在二十世纪乘飞机旅行。

希拉里心想，六个人同度一段飞行时光，为了不同的目的去往不同的地方，很可能这几个小时的旅程之后大家就会分道扬镳，再也不会相见。她读过一本内容相似的小说，里面介绍了这六个人的身世。那个法国人一定是在度假，他看上去疲惫极了。那个年轻的美国人可能还是个学生。埃里克森像是身负工作使命。修女则无疑是回修道院去。

希拉里闭上眼睛，暂时忘记她的旅伴。昨晚依照指示做好一切安排后，她就一直很困惑。她要回英国了！这看起来太疯狂了！有没有可能她露出了什么马脚，没能取得对方的信任：比如她没有及时说出特定的词，或拿出真正的奥利芙·贝特顿会拿出的凭据。她连连叹气，坐立不安。嗯，她想着，我也只能做这么多了。如果我失败了——失败了。不管怎么说，我已经尽力了。

接着另一个想法又涌了上来。亨利·劳里埃认为她在摩洛哥的时候一直受到严密监视是再自然不过且难以避免的事——这是不是表示他对她的身份深信不疑？而他接着命令贝特顿太太返回英国，肯定是为了让当局认为她不是接到指示前往摩洛哥，然后像她丈夫一样"消失"。这么一来对她的怀疑就会减轻——她只是一位如假包换的游客。

她要按计划回英国，乘坐法国航空的班机，途经巴黎……或者在巴黎——

是的，当然，在巴黎。汤姆·贝特顿就是在巴黎失踪的。在这里上演一场消失大戏简直太容易了。可能汤姆·贝特顿一直没离开巴黎，可能……希拉里这样无益地猜测着，终于累得睡着了。中途她不时醒来，然后再次昏睡过去，有时随意地瞥一眼手中的杂志。又一次突然从沉睡中醒来后，她意识到飞机正在迅速降落并盘旋着。她看了一眼手表，距离预定抵达的时间还早。而且透过窗户望出去，她没看到下面有机场。

过了一会儿她才伴随着一丝不安理解了眼前的状况。那个高瘦阴郁的法国男人站起身打了个哈欠，他伸伸胳膊，望向窗外，说了几句她听不懂的法语。埃里克森探身过来，说道："看起来我们要在这里降落了，但是为什么？"

卡尔文·贝克太太也从座位上探出身子，转过头，欣喜地点头对希拉里说："我们似乎要着陆了。"

飞机一个俯冲，在更低的高度盘旋。下面看上去像是一片荒野，没有房屋和村庄的痕迹。起落架触地时产生轻微的震颤，颠簸着滑行了一段后终于停下了。一次粗暴的着陆，而且不知在什么地方。

希拉里猜想是不是发动机出了问题，或是燃料用完了？皮肤黝黑、英俊年轻的飞行员从飞机前部的驾驶舱走了出来。

"请大家都出去。"他说完打开舱门，放下短梯，站在一边等着乘客们下飞机。六个人凑在一起站在地面上，冷得发抖。从远处的山上吹来的风很大，希拉里注意到那些山上盖着积雪，非常美丽。空气冷入骨髓，但令人舒适。最后飞行员也下来了，用法语对他们说："都在这里了吧？是吗？不好意思，我们可能要在这里等一小会儿。哦不，我已经看到它了。"

他指向地平线附近，一个小点正渐渐变大。

希拉里还有点迷糊，她问道："可是为什么要降落在这里？出什么事了吗？我们要在这儿停留多久？"

那位法国游客说道："好像是一辆大轿车过来了。我们可能要坐那辆车走。"

"是发动机坏了吗？"希拉里接着问道。

安迪·彼得斯愉快地笑着。

"我觉得不是。"他说道，"发动机的声音听起来很正常。但毫无疑问，他们要进行一些修理。"

希拉里呆呆地站着，感到困惑。卡尔文·贝克太太嘟囔道："哦，真是冷极了，还要站在这儿等。糟糕的天气。倒是很晴朗，但傍晚真的太冷了。"

飞行员也在低声嘟囔着，希拉里觉得他一定是在咒骂，类似这样的话："真受不了，耽误时间。"

就在所有人都要坚持不住了的时候，大轿车到了，柏柏尔族[①]司机急刹车后下了车，飞行员马上怒气冲冲地和他吵起来。让希拉里意外的是，贝克太太竟然插嘴了，而且是用法语。

"不要再耽误时间了，"她语气强硬地说，"吵架有什么用？我们想赶紧离开这里。"

司机耸耸肩，走向大轿车，把后面的门打开。那里面有一个巨大的打包箱。飞行员、埃里克森和彼得斯三人合力把箱子抬了出来。看他们那样子，箱子应该很重。飞行员准备打开箱子的时候，卡尔文·贝克太太把手搭在希拉里的胳膊上，说道："我不想看，亲爱的，肯定不好看。"

她把希拉里拉到了大轿车的另一侧。法国男人和彼得斯也过

[①] 柏柏尔族是非洲北部说闪含语系柏柏尔语的古老民族，包含了很多文化习俗相似的部族。称呼来自拉丁语中的 barbari（野蛮人）。

来了。法国男人用法语说道:"他们在干什么啊?"

贝克太太说:"您是巴伦博士吗?"

法国男人点点头。

"很高兴见到您。"贝克太太说着伸出手,像女主人欢迎客人来参加聚会一样。

希拉里困惑地问道:"我还没明白。那里面有什么?为什么最好别去看呢?"

安迪·彼得斯相当体贴地低头看着她。他有一张友善的脸庞,希拉里心想,看上去很公正、很可靠。他说道:"我知道那里面有什么。飞行员告诉我的。可能确实不太好看,但也是难免的。"他冷静地补充道,"那里面装着几具尸体。"

"尸体!"希拉里瞪视着他。

"哦,不是谋杀案中的死者之类的,"他露出安慰人的笑容,"是用于合法研究的——医学研究,你们知道的。"

但希拉里仍旧瞪视着他。"我不明白。"

"哦,您看,贝特顿太太,这里就是旅程的终点。旅程到此结束了。"

"终点?"

"是的。他们会把尸体抬进飞机,飞行员安排好一切,接着等我们驾车离开这里一段距离的时候,会看到火光冲天。一架飞机坠毁了,在大火中摔成碎片,无人生还。"

"但是为什么?天方夜谭!"

"您……"换巴伦博士对她说道,"您肯定知道我们将要去哪儿。"

贝克太太靠了过来,笑着说道:"她当然知道了。她只是没想到会发生得这么快。"

希拉里迷惑不解地愣了一会儿,然后开口道:"你们的意思是……我们所有人?"她环视四周。

"我们是您此次旅行的同伴。"彼得斯温和地答道。

那个年轻的挪威人点点头,用一种狂热的激情答道:"是的,我们都是同伴。"

第九章

1

飞行员朝他们走来。

"请你们现在出发吧。"他说,"尽快。还有很多事要做,我们已经比计划滞后了。"

一时间希拉里有些畏缩。她紧张不安地用手按着喉咙,手指一用力,把珍珠短项链弄断了。她把散落的珍珠捡起来,装进了口袋。

众人都钻进大轿车。希拉里坐在彼得斯和贝克太太之间。她把头转向美国女人,问道:"那么您……您……您就是所谓的联络员吗,贝克太太?"

"您说得没错。尽管这么说有些自夸,但我还是要说我很称职吧。看到一个跑来跑去、到处旅行的美国女人,没有人会产生怀疑的。"

她肥胖的身躯和脸上的笑容都没变,但希拉里察觉到——或者说她觉得自己察觉到——她变了。之前的迟钝和老派消失不见了,眼前的是一位高效可能还很无情的女人。

"这件事会成为报纸上轰动的头条的。"贝克太太说着,兴奋地笑了起来,"他们会说,你,我的意思是亲爱的你,真是霉运连连。先是差点在卡萨布兰卡的飞机事故中丧生,接着真的死于这次灾难。"

希拉里猛然体会到这个计划的高明之处。

"其他人呢?"她小声问道,"真的是他们自称的身份吗?"

"哦,巴伦博士是一位细菌学家,埃里克森先生是一位很有前途的年轻物理学家,彼得斯先生是从事研究工作的化学家,尼达姆小姐,当然了,她不是修女,是一位内分泌学家。我嘛,正如我所说,我只是一位联络员而已。我不属于这个科学家团体。"她说着又笑了起来,"赫瑟林顿那个女人永远也不会有机会的。"

"赫瑟林顿小姐……她是,她是……"

贝克太太用力点点头。

"如果你问我,我会说她一直在跟踪你。从卡萨布兰卡开始接手的,之前是另一个人在跟踪你。"

"但是今天我坚持邀请她一起来时她拒绝了啊?"

"因为她知道那么做不合适。"贝克太太解释道,"在这么短的时间内再去一次马拉喀什,有点太明显了。不,她会发个电报或打电话让某人在马拉喀什等着您抵达。等您抵达!真是好笑,不是吗?看!看那儿!爆炸啦。"

大轿车正载着他们迅速穿越荒野,希拉里伸长脖子从小窗户望去,看到后方火焰冲天,隐隐还能听到爆炸的声音。彼得斯转回头,大笑着说道:"飞往马拉喀什的飞机坠毁,六人身亡!"

希拉里低声说道:"这真是……真是可怕极了。"

"你是说步入未知的死亡世界?"彼得斯说道,他已经不再笑了,"确实可怕,但这是唯一的办法。我们要离开'过去',走向'未来'。"心中的热情让他神采奕奕,"我们要摆脱所有糟糕、混乱、陈旧的东西。腐败的政府和战争贩子。我们要去一个新世界——没有渣滓和废物的科学的世界。"

希拉里深深地吸了一口气。

"跟我丈夫之前总说的一样。"她故意这么说道。

"您丈夫?"彼得斯飞快地看向希拉里,"哦,就是汤姆·贝特顿吗?"

希拉里点点头。

"嗯,真是好极了。他还在美国时我一直没有机会结识他,虽然我们见过不止一次。零功率裂变是这个时代最伟大的发明之一。是的,我要向他脱帽致敬。他是不是和老曼海姆一起工作的?"

"是的。"希拉里答道。

"他们告诉我他和曼海姆的女儿结婚了,但很明显您不是……"

"我是他第二任妻子。"希拉里说道,微微涨红了脸,"他,他的……艾尔莎在美国过世了。"

"我记起来了,接着他赴英国工作,然后就失踪了,让所有人措手不及。"他突然笑起来,"去巴黎开一个什么会议时销声匿迹。"又以一种赞赏的口吻补充道,"上帝啊,不得不说,他们安排得相当不错。"

希拉里表示赞同。这个组织的安排是如此精妙,让希拉里不寒而栗。所有精心设计的计划、密码、暗号现在都没用了,没有一点可追寻的线索。一切都安排得妥妥当当,搭乘这架致命航班的都是要前往"地狱之旅"的同伴,之前托马斯·贝特顿也是这么消失的。不会留下一点痕迹。什么都没有,除了一架彻底烧毁了的飞机。飞机上甚至还有烧焦的尸体。他们能否——杰索普和他的组织有没有可能发现被烧焦的尸体中没有她希拉里?她对此很是怀疑。这场事故安排得非常令人信服,非常高超。

彼得斯再次开口,孩子气的声音透露出他的激动。他没有一丝疑惑,不想往回看,只想急切地往前走。

"我想知道,我们接下来要去哪儿?"他说道。

希拉里也想知道,因为这一点关系重大。他们迟早要和外界接触,如果有人调查,很有可能会发现这辆大轿车上的六个人,和清晨搭乘飞机的那六个人有些相似之处。她转向贝克太太询问,努力让自己的口吻像坐在身旁的年轻美国人那样充满孩子气的激情。

"我们这是要去哪儿?接下来会发生什么?"

"你会知道的。"贝克太太说道,虽然她的声音悦耳动听,但这句话带给人一种不祥的感觉。

车子继续前进。身后,飞机燃烧的火光照亮了天空,而且此时太阳已经落下,火光看起来更明显了。夜幕降临,车子仍旧在行驶。因为没有行驶在大马路上,路况很差。有时候似乎在田间小道上,有时候又是在开阔的平原上飞驰。

希拉里在很长一段时间内都保持着清醒,各种各样的想法和忧虑在她的脑中翻腾。但上上下下的颠簸还是让她精疲力竭,睡了过去。她睡得断断续续的,路上的坑不时把她震醒,醒来后会有一两分钟迷迷糊糊的不知自己身在何处,但渐渐就醒了过来。她会保持清醒一小会儿,大脑在忧虑与混乱中奋力思考,接着她又再一次低下头,轻点着,然后再次睡着。

2

她被一个急刹车惊醒。彼得斯轻轻地晃了晃她的胳膊。

"醒醒,"他说,"我们好像到了。"

众人都从大轿车里出来,一个个被挤得疲惫至极。天还黑着,他们发现自己身处一幢四周种满棕榈树的房子外。不远处能看到微弱的灯光,似乎是个村庄。一个提着灯笼的人引领他们走进房子。这是一幢本地式样的房子,屋里有两个柏柏尔族妇女,一边咯咯笑着一边好奇地盯着希拉里和贝克太太,但好像对修女没什么兴趣。

三个女人被带到楼上的一间小屋里。地板上放着三个床垫和一堆被子,没有别的东西了。

"这一路挤在那个小车里,我的身子都动不了了。"贝克太太说道。

"身体上的不适是小事。"修女说道。

她语调严厉,声音低沉却坚定。希拉里发现她的英语说得很好、很流畅,虽然发音不是太标准。

"您真是虔诚,尼达姆小姐。"美国女人说道,"我都能想象凌晨四点您在女修道院里,跪在坚硬的石板上。"

尼达姆小姐轻蔑地笑了起来,她说道:"基督教使女性愚昧。崇尚软弱,哭哭啼啼,真是不害臊!没有信仰的女人最强大。她们开开心心,战无不胜!而为了获胜,没有什么是她们不能忍受的。这些险阻都不成问题。"

"此刻,"贝克太太打着哈欠说道,"我真希望自己睡在菲斯的贾尔阿宫殿酒店的床上。贝特顿太太,您呢?我敢打赌这一路的颠簸对您的脑震荡可没有好处。"

"是的,确实让我不舒服。"希拉里应道。

"他们很快就会给我们拿来一些吃的,吃过东西之后我再给你几片阿司匹林。我看您最好尽快睡下。"

从屋外传来女人咯咯笑的声音,接着她们听到了上楼梯的脚步声。很快,那两个柏柏尔族女人就走进了屋子。她们端着一个托盘,上面有一大碗粗面糊和炖肉汤。把这些东西放在地板上后她们暂时离开了,没一会儿又拿来一个装着水的金属盆和一块毛巾。其中一个摸了摸希拉里的外套,在手指间摩挲着,然后对另一个说了些什么,后一个女人迅速地点了点头。她们又这么对待了贝克夫人,但都没有留意修女。

"嘘,"贝克太太张开手臂赶她们走,"嘘,嘘。"就像轰小鸡那样。

女人们往后退,依旧笑个不停,最终离开了房间。

"蠢家伙。"贝克太太说道,"对待她们你真的很难有耐心。我想她们生活的趣味就只在养孩子和穿着上。"

"她们也只能想这些。"尼达姆小姐说道,"她们的祖先是奴隶,只会伺候主人,其他什么也干不了。"

"您不觉得这么说话太残酷了吗?"希拉里被这个女人的态度惹恼了。

"我没有闲心感情用事。这个世界就是被少数人统治,并奴役着大多数。"

"就算如此……"

贝克太太以一种权威的姿态插话道:"我想,在这类问题上每个人都有自己的看法。这确实是个有趣的话题,但恐怕不适合现在讨论。我们都想赶紧休息,对吧?"

薄荷茶被端上来了。希拉里感激地服下几片阿司匹林,她头痛好一阵子了。接着这三个女人就躺在垫子上睡着了。

第二天很晚她们才起来,贝克太太说要等到傍晚再上路。她们从房间外面的楼梯爬到平整的屋顶,俯瞰周围的村庄。不远处确实有一个村庄，但是这里，她们所在的这座房子，附近却什么都没有，孤零零地立在一个巨大的棕榈树园子里。清醒之后，贝克太太指着放在门口地板上的三堆衣服，解释道："下一段路，我们要扮成当地人。身上的衣服就留在这里。"

于是机敏的小个子美国女人脱下整洁的套装，希拉里脱下花呢大衣和短裙，修女脱下黑色长袍，放在一边；其间那三个摩洛哥当地妇女一直坐在房顶上聊天。整件事给人一种奇异的不真实感。

希拉里仔细观察着脱下修女袍后的尼达姆小姐。她比希拉里之前所想的要年轻些，可能也就三十三四岁，外表很整洁。苍白的皮肤，短粗的手指，冷酷的眼睛，不时闪出一阵狂热的激情。她看起来毫无攻击性，反而有些畏缩，但讲起话来直率强硬。她对希拉里和贝克太太都表现得不屑一顾，觉得她们不配与她同行。这种傲慢态度让希拉里大为光火，贝克太太却似乎毫无察觉。很奇怪，与两位同为西方人的同伴相比，希拉里更愿意亲近那两个给她拿食物的柏柏尔族妇女，也更同情她们。显然，这位年轻的德国女人并不在意别人怎么看她。她的言谈举止透露出一丝急躁，并且能明显看出她渴望继续上路，对两名同伴倒没有什么兴趣。

希拉里发现要分析贝克太太的态度有些困难。一开始，在那位冷酷的德国女专家的衬托下，贝克太太看起来是一个正常的普通人。但随着夕阳渐渐西下，她却感到贝克太太比海尔格·尼达姆更难看清，且拒人万里。与贝克太太交流就像和一个运行良好的机器人交流。她说的话、给出的回应都很自然、正常，就像日常生活中会碰到的，但不由得让人怀疑这是一位演员在演戏，而且这一切她已经演过七百次了。那是一种机械性的表演，与贝克太太真正的所思所想毫无关系。希拉里想知道卡尔文·贝克究竟是个什么样的人?她为什么能像机器一样完美地扮演她的角色?她也狂热地笃信某种宗教吗?她也幻想着一个勇敢的新世界,也强烈厌恶资本主义社会吗?她是不是因为政治信仰和志向放弃了正常生活?无从得知。

晚上他们继续上路了。这次不再是大轿车,而是一辆敞篷游览车。每个人都穿着当地的服装,男人裹着白色杰拉巴①,女人遮着面纱,紧紧挤在一起。车子整整开了一晚。

"您还好吧,贝特顿太太?"

希拉里抬起头冲安迪·彼得斯笑了笑。此时太阳初升,他们停下来吃早餐。摩洛哥面包和鸡蛋,便携式煤油炉上还煮着茶。

"我感觉似乎身在梦里。"希拉里说道。

"是的,是有点这种感觉。"

"我们这是在哪儿?"

彼得斯耸了耸肩。

"谁知道呢?除了我们的卡尔文·贝克太太,没人知道。"

"这真是个孤独的国家。"

"是啊,简直就是荒漠。但我们也只能来这种地方,不是吗?"

"你的意思是这样就不会留下踪迹了?"

"是的,我们所有人应该都看得出这整件事是经过了缜密构思的。这段旅程的每个阶段都与其他阶段没有联系。一架飞机坠毁了。一辆老旧的大轿车在夜间行驶。不知是否有人留意,大轿车上有一个牌子,表明那辆车是属于在这一片进行挖掘工作的某

---

① Djellabas,一种摩洛哥传统服饰,有各种颜色和图案,多层设计。

支考古远征队的。第二天又有一辆坐满了柏柏尔族人的游览车，这在大道上见怪不怪。下一阶段，"他又耸耸肩，"谁知道呢？"

"但是我们要去哪儿？"

安迪·彼得斯摇摇头。

"没有必要问。我们会知道的。"

那个叫巴伦的法国博士也加入了谈话。

"是的，"他说，"我们会知道的。但不去问问怎么知道？我们西方人本性如此。我们从不说'我今天满意极了'，总想着明天，明天伴随着我们。将昨天置于身后，去追寻明日，这才是我们所要的。"

"您想推动世界，是吗，博士？"彼得斯问道。

"有太多事情想做，但生命太短暂。"巴伦博士说，"人需要更多时间。更多时间，更多时间。"他激动地挥舞双手。

彼得斯转向希拉里。

"你们国家所谓的四大自由是什么？脱离欲望的自由，脱离恐惧的自由——"

法国人插话进来。"脱离傻瓜的自由，"他讥讽道，"这就是我想要的！也是我的工作所需要的。脱离由连续不断的骗局构成的经济体系的自由！脱离阻碍工作的无聊限制的自由！"

"您是位细菌学家，对吗，巴伦先生？"

"是的，我是个细菌学家。哦，你不知道，我的朋友，这是一门多么神奇的学科啊！但它需要耐心，无止境的耐心。反反复复的实验——还有金钱——很多钱！你必须有设备、助手和原料！若能给你所需的一切，还有什么得不到的呢？"

"快乐？"希拉里问道。

他露出一抹笑容，忽然又变得有人情味儿了。

"哦,你是个女人,夫人。女人总是在追求快乐。"

"但很少能得到?"希拉里说。

他耸耸肩。"或许吧。"

"个人的快乐无关紧要。"彼得斯严肃地说,"要全体人类都获得幸福,兄弟般的情谊!工人们,自由又团结,拥有生产技术,不服从于战争贩子,不服从于贪得无厌、不知满足但又掌握着一切的人。科学是为全人类服务的,不能被单一集团独占,哪个集团都不行。"

"没错!"埃里克森赞同道,"您说得对。所以科学家要做主人,由他们掌控一切。他们——且只有他们是超人。超人才是核心。虽说如今给科学家们的待遇不错,但他们依旧只是奴隶。"

希拉里稍微走开了几步。一两分钟后,彼得斯也跟了过来。

"您看起来有点害怕。"他开玩笑似的说。

"我想是的。"希拉里抿嘴笑了一下,"当然了,巴伦博士说得很对。我只是个女人,不是一位科学家,我不从事研究,也不会做外科手术,或细菌学。我想我甚至不是个特别聪明的人。正如巴伦博士所说,我只知道追求幸福——和其他蠢女人一样。"

"可这又有什么不对的呢?"彼得斯说道。

"哦,我觉得我和你们不是一路人。您看,我就是个去和丈夫会合的女人。"

"足够了。"彼得斯说,"您代表着人类的本能。"

"您这样说真是太贴心了。"

"嗯,这是实话。"他压低声音补充道,"您很担心您的丈夫吧?"

"不然我为什么来这儿呢?"

"我想也是。那您赞同他的主张吗?我听说他是一名共产主义者？"

希拉里模棱两可地答道："说到共产主义者，您不认为我们这个小团体有点奇怪吗？"

"哪儿奇怪？"

"嗯，虽然我们要去往同一个目的地，但观点似乎迥然不同。"

彼得斯若有所思地说："哦，是吗？您真的想了很多啊，我从未这么想过——但我觉得您是对的。"

"我不认为巴伦博士真的是有什么政治目的！"希拉里说，"他只是想为试验筹钱。海尔格·尼达姆说起话来就像一个法西斯，而不是共产主义者。至于埃里克森……"

"埃里克森又怎样呢？"

"我觉得他很可怕，他太专注了，专注到危险。他就像电影里的疯狂科学家！"

"我相信我的兄弟们，而您是一位钟情的妻子，那么卡尔文·贝克太太呢，您将她置于何地？"

"我不知道。我认为她最难定义。"

"哦，我不这么认为，我觉得她很好懂。"

"您的意思是？"

"我认为她彻头彻尾就是为了钱。她就是个办事拿钱的小零件。"

"她也让我害怕。"希拉里说。

"为什么？她有什么好让您觉得害怕的？她身上可没有疯狂科学家的气质。"

"她让我害怕是因为她太平常了。您明白吗，就和其他普通人一样。但她参与了这一切。"

彼得斯严肃地说:"组织追求现实主义,您知道的。为了事业,组织会雇用最优秀的男性和女性。"

"但一心只为钱的人真的是适合这类工作的最佳人选吗?他们不会投靠另一方吗?"

"那样做风险太大。"彼得斯平静地说,"卡尔文·贝克太太是个机智的女人,我不认为她会冒这个险。"

希拉里猛地一抖。

"您冷了?"

"是的,有点冷。"

"我们稍微走走吧。"

散步途中彼得斯突然停下来,捡起了什么东西。

"您掉东西了。"

希拉里接了过来。

"哦,是的,是我项链上的珍珠。我前天——不,是昨天,把项链弄断了。像发生在好几年前的事一样。"

"希望不是真的珍珠。"

希拉里笑了。

"不是,当然不是。只是装饰珠宝。"

彼得斯从口袋里拿出烟盒。

"装饰珠宝。"他说道,"多好的说法!"

他递给她一支烟。

"听起来很蠢,在这里。"她接过烟,"这真是个奇怪的烟盒。很沉。"

"是铅做的,所以特别沉。是一件战争纪念品。我用一枚差点儿把我炸死的炸弹的一小块弹皮做的。"

"您……参过战?"

"我属于机密部门,鼓捣些东西看看能否爆炸。咱们别再谈论战争了,还是集中注意力想想明天吧。"

"我们要去哪儿?"希拉里再次问道,"没人告诉我任何事。我们是要——"

彼得斯打断了她,他说道:"猜忌不会给人力量。我们会去该去的地方,做该做的事情。"

希拉里突然感到一阵冲动,她说道:"你喜欢被人强制着做事,任人摆布,自己什么都不能决定吗?"

"若这是必要的,我会欣然接受。现在就是这样,我们要去实现'世界和平,世界统一,世界秩序'。"

"这可能吗?能实现吗?"

"不管怎样也比现在所处的泥沼要好。您不这样认为吗?"

此刻,身体上的疲惫、身处荒野的孤单和曙光的美丽削弱了希拉里的意志,她差点儿激动地否认。

她想说:"你为什么如此贬低我们所生存的世界?这里也有很好的人。泥沼能更好地孕育善良和个性,不比强加的秩序要好吗?而且这个秩序今天是正确的,可能放在明天就是错误的了。我宁愿要一个善良的、可能会犯错的人类世界,而不是一个由没有同情心、共感和怜悯心的超级机器人组成的世界。"

但是她及时控制住了自己。转而用坚定却柔和,仿佛有些疲惫了的语气说:"您说得太对了。我累了。我们必须顺从,大步向前。"

彼得斯笑了起来。

"那最好不过了。"

第十章

梦幻之旅。越来越像在梦里。希拉里感觉自己似乎跟这五个奇怪的旅伴一起走过了一生。他们远离常规道路走向了无人之境。从某种意义上说,他们这段旅程并不能被称为"旅程"。她认为他们所有人都是"自由代理人";自由,是的,都是自主选择参与这里的。据她所知,他们之中没有人犯过罪,没有警察会去找他们的麻烦,但依旧费尽千辛万苦隐藏一路的踪迹。她有时会想这是为什么,他们又不是逃犯。不过他们都变成其他人了。

她倒是确实变成其他人了。离开英国时她还是希拉里·克雷文,现在已经变成奥利芙·贝特顿了,可能那种不真实的奇怪感受也跟这个有关。那些政治口号越来越容易说出口了,她发觉自己变得更加诚挚、更加热情,她再次将之归结于旅伴的影响。

她现在很确定他们让她感到害怕。她之前从未跟天赋过人的人如此亲密。这些人都非常接近天才,并且在某一方面有过人之处,他们会给普通人的思维和感受施加巨大的压力。这五个人各不相同,但是每个人都有火一般浓烈的奇怪特质,对结果专注到令人害怕的程度。希拉里不知道这种特质是来自大脑还是外表,但她认为他们每一个人都是某种意义上的理想主义者。对于巴伦博士来说,生命的意义在于再次踏进实验室的强烈渴望,可以拿着无尽的钱财和资源去计算、去做试验、去展开工作。工作又是为了什么呢？希拉里怀疑他从未问过自己这个问题。一次他跟她说起一种研发物，一个小瓶子里装的能量就可能摧毁一块辽阔的大陆。那时她对他说："但是您会这么做吗？真正地去实施？"

他略微有些惊讶地看着她，回答道："会啊。会的，当然是在有必要的前提下。"他说这话时的态度十分随意，然后接着说道，"若能看到整个过程，每一步确切的是如何进展的话，一定非常有意思。"他又深吸一口气，补充道，"您看，还有太多事要去了解，要去搞明白。"

希拉里有时也能理解，理解这些人的立场。专注于知识本身，即使这些知识可能把成百万的人类毁于一旦也不是什么要紧事。而且，从某种意义上讲，这还不是一种卑鄙的观点。但对于海尔格·尼达姆她感到的是强烈的反感。那个年轻女人的狂妄傲慢让她愤怒不已。她挺喜欢彼得斯的，但有时他眼中忽然迸发出的狂热又让她害怕，想躲避。

有一次她对他说："你不是想创造一个新世界，而是很享受毁灭旧世界。"

"你错了，奥利芙。你在说什么啊。"

"不，我没说错。你心里怀着恨意，我能感受到。恨意。想要毁灭的欲望。"

埃里克森是最令她不解的一个。她认为埃里克森是一个空想家，比法国人更不切实际，比美国人更具毁灭性激情。他有北欧人所特有的那种奇异、狂热的理想主义。

"我们必须征服，我们必须征服世界。继而统治它。"他曾这么说道。

"我们？"希拉里反问。

他点点头，表情温和却很诡异，眼眸中透出一种虚伪的温和。

"是的，"他说道，"我们这些少数人说了算。我们拥有头脑，这决定了一切。"

希拉里想，我们到底要去哪里？会被引领到哪里？这些人都疯了，而且表现出不同的疯狂。看起来好像他们各有各的目的，各有各的幻景。是的，这个词合适极了。幻景。抛开这几个人，她又仔细揣摩了一下卡尔文·贝克太太。她没有狂热，没有恨意，没有梦想，没有狂妄自大，也没有渴望和抱负。希拉里在她身上什么都找不到。她是一个没有感情、没有道德感的女人，希拉里想。她是受一股巨大的未知力量掌控的高效工具。

第三日快结束时他们抵达了一个小镇，住进本地的一家旅馆。希拉里发现这里的人都是欧洲式打扮。她在一间什么都没有的白墙小屋子里睡了一觉，像在牢房里一样。天还没亮，卡尔文·贝克太太就叫醒了她。

"要出发了。"贝克太太说道，"飞机已经在等了。"

"飞机？"

"有什么好惊讶的，我亲爱的。我们又回到现代化的旅行了，真是谢天谢地。"

一个小时的车程之后，他们来到了机场，看起来似乎是一个已被废弃的军用机场。飞行员是位法国人。飞行持续了几个小时，飞机载着他们飞越山巅。希拉里从飞机上往下看，心想，从空中看，到处都差不多啊。山峰、山谷、道路、房屋。只有飞行专家才能看出区别，普通人只能看出某些地方比其他地方的人口更稠密。飞在云层之上的时间里则什么都看不到。

中午过后飞机开始盘旋着降低高度。他们仍然处于山区，但是降落在一处平原上。那里有一个标识清晰的飞机场和一幢白色建筑。飞机安全降落。

贝克太太引领着大家走向那幢建筑。建筑旁停着两辆高档轿车,车旁站着司机。很明显,这里是一处私人机场,因此没有工作人员前来迎接。

"到终点了。"贝克太太开心地说,"所有人都进去好好梳洗整理一下吧。外面的汽车会等我们的。"

"到终点了?"希拉里盯着她问,"但我们没有——没有穿越大洋啊。"

"你以为要去大洋那一边吗?"贝克太太惊讶地问道。

希拉里迷惑不解地说:"嗯,是的。是的,我确实是这么以为的。我以为……"她欲言又止。

贝克太太点点头。

"嗯,好多人是这么以为的。人们总是说起铁幕,都是一派胡言,要我说,铁幕无处不在,但人们就是不承认。"

两位阿拉伯仆人为他们服务。梳洗整理完毕后,他们坐下来喝了杯咖啡,吃了些三明治和饼干。

卡尔文·贝克太太看了看表,说道:"哦,同伴们,到说再见的时候了!我要在这里和你们分别了。"

"您要回摩洛哥吗?"希拉里惊讶地问道。

"这可能做不到。"卡尔文·贝克太太说,"因为我已经在飞机事故中被烧死了!不,我要开始一段新的旅程了。"

"但依旧有可能有人认出您。"希拉里说,"我的意思是,在卡萨布兰卡或菲斯的酒店里见过您的人。"

"哦,那就是他们搞错了。"贝克太太说,"我有一份不同的护照,而我妹妹,那个叫卡尔文·贝克太太的妹妹,不幸死于飞机事故。我和妹妹长得非常像。"她补充道,"而且在住酒店的普通人眼中,外出旅行的美国女人都差不多。"

是的,希拉里也这么认为,确实是这样。让你记住卡尔文·贝克太太的是她呈现出的外在特征,这些是不重要的。整齐、干净、细心打理过的蓝色头发,一直闲聊的高亢单调的声音。而她的内在特质却被很好地掩藏了起来,或者根本就不存在。卡尔文·贝克太太只向外部世界和旅伴们展示她的外表,掩藏于外表之下的东西却很难看透。她是故意把与个人有关的特性掐灭。

此时她和贝克太太站得离其他人有些距离,希拉里深有感触地说道:"反正没人知道您到底是个什么样的人?"

"我为什么要让别人知道呢?"

"是啊,为什么要让别人知道呢?但是,我觉得我应该知道。我们一起旅行了这么久,非常亲近,可我却对您一无所知,这真是太奇怪了。真的是一无所知,不知道您的个性、感受和想法,您喜欢什么、讨厌什么,什么对您来说最重要,什么又是无关紧要的。"

"您好奇心真重啊,亲爱的。"贝克太太说,"接受我的劝告吧,不要追根究底了。"

"我甚至不知道您来自美国的哪个地方。"

"这也无关紧要。我跟我的国家已经没有关系了,有些事情导致我永远不能回去了。而如果我能对那个国家进行报复的话,我将十分乐意。"

有那么一瞬间,她的语调和表情都显露出怨恨。但很快就又变成轻松无比的游客腔调了。

"好了,再会,贝特顿太太,我希望您和您的丈夫能愉快地重逢。"

希拉里无助地说:"我甚至不知道自己身在何方,在世界的哪个角落。"

"哦,这个问题简单。现在也没必要对您保密了。我们在大阿特拉斯山脉①深处。您满意了吧。"

贝克太太与众人告别,准备启程。她最后一次冲大家愉快地挥手告别,然后走过停机坪。飞机已经加好了油,飞行员在一旁等着她。希拉里周身爬过一阵轻微的寒意,她感到这里是她和外部世界的最后一个连接点。站在她身旁的彼得斯似乎察觉到了她的反应。

"没有回头路了。"他温和地说,"我想是这样的。"

巴伦博士也温和地说:"夫人,您还有勇气继续吗?或是您想在这一刻追随您的美国朋友也登上飞机,回到……回到您刚刚离开的世界?"

"即便我真想这么做,我能吗?"希拉里问道。

法国男人耸了耸肩。"那我可不知道了。"

"要我帮您喊她吗?"安迪·彼得斯问。

"当然不。"希拉里厉声制止。

海尔格·尼达姆讥讽地说:"这件事不适合性格懦弱的女性。"

"她不是个懦弱的人。"巴伦博士温和地说,"她只是和所有聪明的女性一样,经常扪心自问一些问题。"他特意强调了"聪明"这个词,好像是在针对那个德国女人。但她不为他的语气所影响。她看不上所有法国人,同时对自己的能力抱有十足的

---

① 大阿特拉斯山脉(High Atlas)位于摩洛哥中部。

信心。

埃里克森用他那紧张不安的高亢声音说道:"一个人终于就要获得自由时,为何还盘算着回头?"

希拉里说:"但如果不能回头,或者没有办法选择回头,那就不是自由!"

一位仆人走过来,说道:"各位,汽车在等着你们呢。"

他们从建筑的另一扇门出去,看到两辆凯迪拉克停在那儿,旁边站着穿着制服的司机。希拉里说想跟司机一起坐在汽车前座,并解释说坐这种大轿车容易让她晕车。这个理由似乎马上就被其他人接受了。行驶过程中,希拉里不时跟司机交谈两句。聊天气啊,赞美这汽车简直棒极了啊!她精通法语,说得不错,司机也很愿意回答她的问题,他表现得非常自然、真诚。

"要多久能到啊?"希拉里问道。

"从机场到医院吗?夫人,大概需要两个小时。"

这句话让希拉里有些不愉快,还有些惊讶。她刚才就留意到尼达姆换了身护士制服,但当时她没多想。如今司机的话正与此契合。

"给我介绍介绍那家医院吧。"希拉里对司机说。

司机热情地回应了她。

"哦,夫人,那里棒极了。设备是全世界最先进的。许多医生去那里参观,每个人离开的时候都赞不绝口。那里做的事简直伟大极了。"

"是啊,"希拉里应道,"是的,是的,确实如此。"

司机继续说道:"那些可怜人,过去只会被送到孤岛上悲惨地等死。但是在这里,科里尼医生的新疗法有很高的治愈率。哪怕是重度患者。"

"在这里建医院,好像有点太偏僻了。"希拉里说道。

"哦,夫人,在这种情况下,只能偏僻点。这是当局的要求。但这里空气清新,真的棒极了。您看,夫人,现在已经能看到那里了。"他指着前方说。

车子就要经过盘山路上的第一处大转弯了,能看到山的另一侧,倚着山坡有一幢长条形的、闪着光的白色建筑。

"真是个奇迹。"司机说道,"在这里建这样一座房子,肯定花了很多钱。夫人,让我们感谢全世界富裕的慈善家们吧。他们做起事来不像政府那样,总是能省则省。在这里,花钱如流水。他们说我们的赞助人是全世界最有钱的人之一。他们说,他是为了减轻人类所遭受的痛苦,才在这里建造了这么一座伟大的建筑。"

车子蜿蜒爬坡,最后停在了一扇巨大的铁栅栏门前。

"夫人,您要在这里下车了。"司机说道,"我们的车不允许进门,要开去距离这里一公里的车库。"

同伴们也都下了车。门上垂着拉铃带,但还没等碰它,门就缓慢开启了。一个穿着白色长袍,只露出一张挂着笑容的黑脸的人走出来,鞠了个躬后邀请他们进去。他们走进大门,看到里面有一个围着高耸的铁丝网篱笆的大院子,有人正在院子里走来走去。当这些人转过身看向来访者时,希拉里惊恐地倒吸了一口冷气。

"他们都是麻风病人啊!"她叫喊着,"麻风病人!"

恐惧让她颤抖不已。

第十一章

麻风病人隔离区的门关上了，发出巨大的金属撞击声。在已经吓傻了的希拉里听来，这一声意味着最终的审判。完蛋了，那声音像在宣告，所有来这里的人，都完蛋了……她想，这次是真的要结束了……真正的终点。之前还有可能回头，现在则彻底完了。

现在她孤身一人陷于敌营，最多几分钟后她就要面对身份被识破和最终的失败。潜意识里，她这一整天都能感受到结果会是这样，但人类精神中不屈的乐观，以及笃信一个人不可能突然不复存在的信念，为她粉饰了事实。她曾在卡萨布兰卡问杰索普"我什么时候才能到汤姆·贝特顿那里"？那时他沉重地说，当情况真正危急的时候。他还补充说希望那时他能为她提供保护，但希拉里不得不承认，这一希望已经破灭了。

莫非"赫瑟林顿小姐"是杰索普安排的可以仰赖的人？可"赫瑟林顿小姐"在马拉喀什就被算计，退出这次行动了。就算退一步讲，赫瑟林顿小姐又能做些什么呢？

这群旅行者到了无路可退的地方。希拉里拿命相搏，然后输了。现在她才意识到杰索普的分析是对的。她已经不想去死了，她想活下去。对生活的强烈渴望回到了她的体内。再想起奈杰尔和布伦达的坟墓时她是哀伤悲痛的，但不再处于冷冰冰、毫无活力的绝望中，急切地想以死来遗忘一切。她想：我活过来了，脑子清醒，身心健全……但现在我就像一只陷阱中的老鼠。如果我能找到逃生之路就好了……

她不是没有思考过这个问题，她想过。但对她而言，非常遗憾，一旦遇到贝特顿，那就无路可走了……

贝特顿会说："她不是我的妻子。"就是这句话！所有人都看向她……明白过来……一个藏在他们中间的间谍……

还有别的解决途径吗？假设她先下手呢？假设在汤姆·贝特顿开口之前她先大叫："你是谁？你不是我丈夫！"如果她装作很愤怒、震惊、恐惧，并且演得惟妙惟肖——可能会激起其他人的怀疑吗？怀疑贝特顿是否是贝特顿，有没有可能是别的科学家被派来伪装成贝特顿的。换句话说，一个间谍。但如果他们认为贝特顿是假的，那可能会对他不利！但是，思绪在她疲惫的大脑中翻转着，如果贝特顿是一个叛徒，一个甘愿出卖自己国家秘密的人，还说什么"是否会对他不利"呢？太难了，她想，评判一个人的忠诚度——事实上评判任何人和事都很难……但不管怎样，这还是值得一试的——去制造怀疑。

她回到眼下的状况，一直疯狂地想着困在陷阱里的老鼠，让她的脑子昏沉沉的。不过她表面上保持着平静，举止也很得体。

一位高大英俊的男人迎接了他们这群来自外部世界的人。他看起来像是一位语言学家，因为他跟每个人打招呼时用的都是对方的母语。

"很高兴见到您，亲爱的博士先生。"他轻声细语地招呼完巴伦博士，转向了希拉里，"哦，贝特顿太太，欢迎您来到这里。这是一段漫长而令人迷惑的旅程吧。您的丈夫好极了，当然，他一直耐心地等待着您的到来。"

他露出小心的笑容，但她留意到他那冷酷的灰色眼眸中毫无笑意。

他又补充道："您一定很想见到他吧。"

头更晕了——她觉得周围的人像海浪一样靠近又远去。在她身边的安迪·彼得斯伸出手扶住了她。

"你大概还不知道吧，"他对热情的主人说道，"贝特顿太太在卡萨布兰卡遭遇了一次飞机事故，造成了脑震荡。这次的旅程让她更不舒服了，再加上她急切地期盼着见到丈夫。我觉得她应该马上去一间光线昏暗的房间躺下休息。"

希拉里从他伸出的手和话语中感受到了善意。她又让自己轻微地晃动了几下。这很容易，非常容易，膝盖一软，慢慢地跪倒在地……假装失去知觉——或者说几乎失去知觉。被送去一间光线昏暗的房间里躺着，就能让暴露的时刻稍微推迟一点……但贝特顿会去看她的，任何一位丈夫都会这样做的。他走进房间，在昏暗的光线下俯身靠近床边，然后听她说出第一句话，眼睛适应了屋里的昏暗后第一眼看清她脸部的轮廓，他就会发觉她不是奥利芙·贝特顿。

希拉里再次获得了勇气。她站直了身子，双颊绯红，高昂起头。

如果事情要在这里结束的话，也要精彩地结束！她会去见贝特顿，当他说不认识她的时候，她就竭力说出最后一个谎言，非常自信、无所畏惧地说："是的，我当然不是您的妻子。很抱歉，您的妻子——真是糟糕，她死了。她去世的时候我陪伴着她，我答应她不管怎样我都会找到您，把她的遗言告诉您。我想这么做。您看，我非常赞同您的所作所为——您所做的一切。我赞同您的政治观点。我想帮忙……"

太弱了,太弱,说不过去……并且还有很多令人尴尬的琐事要解释:伪造的护照、假信用证。是的,但有时候人就是会相信大胆的谎言——只要说谎的人足够自信,有强烈的意志圆谎。不管怎样,值得拼一把。

她靠自己的力量直起身子,轻轻地摆脱了彼得斯的支撑。

"哦,不。我必须见到汤姆。"她说道,"我要去见他……现在……立即……求你们了。"

那个高大的男人似乎有些不忍心了。看来他有很强的共情能力。(虽然那双冷酷的眼睛依旧不露感情且充满警惕。)

"当然,当然,贝特顿太太,我很能理解您的感受。哦,詹森小姐过来了。"

一位戴着眼镜的苗条姑娘走过来。

"詹森小姐,来见贝特顿太太、尼达姆小姐、巴伦博士、彼得斯先生和埃里克森博士。把他们领到登记处好吗?给他们点喝的。我先带贝特顿太太去见她的丈夫,一会儿就过去和你们碰头。"

他再次转向希拉里,说:"跟我走吧,贝特顿太太。"

他大步向前,她跟随着。在走廊拐弯处她转头望了一眼,安迪·彼得斯还在目送她。他看上去有些困惑,一脸不高兴的样子。一瞬间希拉里以为他会跑过来跟她一起。她想:他一定觉察到我有些不对劲,但他不知道具体是什么。

接着她又想,伴随着轻微的颤抖:这可能是我最后一次见他了……于是,当跟着向导走到拐弯处时,她举起手挥了挥,跟他道别……

那个高大的男人兴致勃勃地说:"这边走,贝特顿太太。恐怕刚开始您会在我们这栋建筑里迷路,这么多走廊,而且看上去都差不多。"

像在梦里,希拉里想,一场一直沿着一条干净的白色走廊走啊走,转弯,继续走,永远走不出去的梦……

她说:"我没想到会来到一所……医院。"

"是啊,是啊,当然了。您没办法知道,不是吗?"

他的声调中有一丝虐待狂的愉悦。

"您这一路是人们所说的'盲目飞行'。顺便一提,我叫范·海德姆。保罗·范·海德姆。"

"有点古怪,还有点可怕。"希拉里说,"麻风病人……"

"是的,是的,当然。这里风景如画,因此通常不会有人想到里面是这样的。新来的人确实会有些失望,但您会适应的。哦,是的,您到时候就会习惯的。"他轻笑出声,"我一直觉得这是个不错的玩笑。"

他猛然停住了脚步。

"要上一段楼梯——不用慌张。放松。就快到了。"

快到了——快到了……通往死亡的路怎么这么长……上楼——上楼,高高的台阶,比欧洲的台阶要高。又走过一条干净的走廊后,范·海德姆在一扇门前停了下来。他敲敲门,等了一会儿,然后推开了门。

"哦,贝特顿,终于,你妻子来了!"

他有些兴奋地站到了一旁。

希拉里走进了屋子。她没有逃,没有颤抖,而是直起腰板,走了进去。

一个男人站在窗前,半转过身子,长相英俊得令人吃惊。她打量着那张英俊的脸,有些惊讶,因为他不像是她想象中的汤姆·贝特顿。至少不是她所看过的照片里的人……

困惑又惊奇的感觉让她下定了决心，她要竭尽全力做一次垂死挣扎。

她猛地冲上前去，接着又退回来，然后大叫起来，表现得震惊又害怕……

"哦——这不是汤姆。他不是我丈夫……"棒极了，她觉得自己做得不错。演得很夸张，但又没有那么夸张。她惊恐的眼神与范·海德姆的眼神交汇了。

接着她听到汤姆·贝特顿笑了起来。轻轻的、像是被逗乐了，又有些得意扬扬的笑声。

"真有趣，范·海德姆，是不是？"他说，"我自己的妻子都不认得我了。"

他迈开大步走了四步，用胳膊紧紧搂住希拉里。

"奥利芙，亲爱的。你当然认得我，我是汤姆啊，只不过样子跟以前不太一样了。"

他紧贴着希拉里的脸，在她耳边耳语，她听到了轻声的嘱咐。

"演戏。看在上帝的分儿上。危险。"

他松开了她，然后再次紧紧搂住她。

"亲爱的！好像过了许多年……像过了好几年。不过你最终还是来了！"

她能感受到他紧紧地按压着她的肩胛骨下方，这是警告的手势，提醒她，给她暗示。

他又放开了她，把她稍微推远了一些，看着她的面庞。

"我仍然不敢相信。"他带着兴奋的微笑说道，"你现在能认出我了吧，还不能吗？"

他的眼睛里闪着光,这仍然是警示的信号。

虽然她不明白,无法领会他的意思,但这简直是上帝创造的奇迹。她打起精神,决意演好自己的角色。

"汤姆!"她叫道,试图用语调传达她的决定,"哦,汤姆……但是这是怎么——"

"整形手术!这里有一位来自维也纳的赫兹医生,他真是个活奇迹。你再也不能嘲笑我的塌鼻子了。"

他亲吻了她,动作轻柔、自然,接着他看向一直在一旁看着的范·海德姆,发出略带歉意的笑声。

"请原谅,范·海德姆,我们太激动了。"他说道。

"没有,这是自然的,自然的……"高大男人慷慨地笑了起来。

"这一路太漫长了。"希拉里说,"而我……"她的身子有些摇晃,"我……我可以坐下吗?"

汤姆·贝特顿连忙扶她坐到了椅子上。

"是啊,亲爱的,你也经历了那一趟可怕的旅程。还有飞机事故。我的上帝,真是幸运!"

(看来这边消息十分灵通,他们知道关于飞机失事的事。)

"那次事故让我的脑袋糊里糊涂的,"希拉里露出抱歉的微笑,"忘记了很多事,还把一些事搞混了,而且总是头疼得厉害。刚才又看到你完全像个陌生人!我真的很混乱,亲爱的。希望我没有给你添麻烦!"

"添麻烦?永远不会。你只要放轻松就行了。在这里有的是时间。"

范·海德姆轻轻走向门口。

"我先走了。"他说,"贝特顿,待会儿你带着你的妻子去登记处好吗？我想你们应该想独处一会儿吧。"

他走了出去，关上了门。

贝特顿突然跪倒在希拉里面前，把脸埋在她的肩膀上。

"亲爱的，亲爱的。"他呼唤着。

她立即感受到他的手指又在做警示的手势。耳语声微弱得几乎听不到，但语调急切，让她无法忽视。

"继续演。这里可能有窃听器，哪儿都不安全。"

确实，当然，哪儿都不安全……恐惧、不安、不确定性、危险——危险无处不在，她都能从空气中感受到。

汤姆·贝特顿跪坐在地上，柔声说道："能见到你真是太好了。然而，这就像一场梦——非常不真实。你这么觉得吗？"

"是的，确实如此……一场梦……来到这里……和你相见……终于。这很不真实，汤姆。"

她把两只手搭在他的肩膀上，注视着他，微微一笑。（除了窃听器，可能还有窥视口。）

她冷静坦然地审视着眼前的人。一位长相英俊、大约三十岁的男子，他紧张不安，担惊受怕，处在崩溃边缘。他来到这里的时候大概满怀崇高的理想，然而梦想渐渐破灭，变成现在这样。

不过现在算跨过了第一道难关，这让希拉里颇受鼓舞，觉得能扮演好自己的角色。她就是奥利芙·贝特顿。做奥利芙会做的事，与奥利芙有同样的感受。在这不真实的生活里她这样反而非常自然。那个名叫希拉里·克雷文的人在一场飞机事故中丧生了，从现在开始，她不会再想起她。

取而代之的是，她要依靠努力记住的信息活下去。

"弗班克似乎是很久之前的事了。"她说道，"胡须——你还记得胡须吗？她生小猫咪了，就在你走了之后。发生了很多事，不重要的日常琐事,而你都不知道,这太奇怪了。"

"我知道。与旧生活彻底告别,开始全新的生活。"

"那么……你在这里还好吗?你快乐吗?"

这是作为妻子一定会问的问题。

"棒极了。"汤姆·贝特顿动动肩膀,甩了甩头。脸上挂着自信的微笑,眼睛却透露出不快乐与恐惧。他说:"设备齐全。钱都花在了对的地方。完美的工作环境。还有组织!真是难以置信。"

"哦,我相信。来这里的旅程——你也是这么过来的吗?"

"我们在这儿不说这件事。哦,我不是在数落你,亲爱的。但是你看,你必须学会这里的规矩。"

"那些麻风病人……这儿真的是一家麻风病医院吗?"

"哦,是的。如假包换。这里的医生团队专门从事这种疾病的研究,很了不起。就是这里遗世独立,不过你不用担心,这不过是……高明的伪装。"

"我明白了。"希拉里环顾四周,"那这间屋子算是我们的住处了?"

"是的。这里是客厅,盥洗室在那儿,卧室在后面。来,我带你去看看。"

她站起来,跟着他穿过设备齐全的盥洗室,来到大小适当的卧室。这里有一张双人床、一个嵌入式衣柜、一张梳妆台和靠床的书柜。希拉里欣喜地望向衣柜。

"我可能没什么能往这里面放的,"她说,"我只有身上这一身衣服。"

"哦,这个啊,想要什么都可以满足你。这里有服装部,也有各种配饰和化妆品,全都有,而且都是高级货。这个地方应有尽有——你想要的都能在这栋建筑里找到,再也不用出去了。"

他说这话时语调轻松,但希拉里敏锐的耳朵听出了话语背后隐藏的绝望。

再也不用出去了。再也出不去了。来这里的人都完蛋了……这就是个设施齐全的牢房!她想着,难道就是为了这些,让性格各异的人们抛弃了祖国,抛弃了信仰,抛弃了日常生活?巴伦博士,安迪·彼得斯,有一张迷幻脸庞的年轻人埃里克森,还有傲慢的海尔格·尼达姆,他们知道这里是这样的吗?他们对此感到满足吗?这就是他们想要的吗?

她又想:我最好别问太多问题……万一有人偷听。

会有人偷听吗?他们正被谁监视着?汤姆·贝特顿明显认为这有可能。但他是对的吗?会不会根本没这回事,只是他神经太紧张?希拉里觉得汤姆·贝特顿已经快要崩溃了。

是的,她冷酷地想,小姑娘,你也可能变成这样,六个月后……这样的生活会把人变成什么样?

汤姆·贝特顿对她说:"你想躺下来……休息一会儿吗?"

"不……"她迟疑着回答道,"不,不想。"

"那么我带你去登记处吧。"

"登记处是做什么的?"

"所有进来的人都要去登记处。他们记录下你的所有信息。健康情况,牙齿状况,血压,血型,精神反应,口味,不喜欢什么,是否对什么过敏,有什么习惯和爱好。"

"听起来像要参军,还是更像要住院?"

"都有点像。"汤姆·贝特顿说,"都有点像。这个组织……非常严密。"

"大家都这么说。"希拉里说道,"什么铁幕里的一切都是精心安排好的。"

她试图通过声音表露出恰当的热情，因为奥利芙·贝特顿应该是一个支持组织的人，她遵从一切指令，尽管还不是组织的一员。

贝特顿闪烁其词地应道："这里还有很多事需要你去……了解。"他又迅速补充道，"最好不要一下子知道太多。"

他再次亲吻了她，这是一个奇怪的吻，感觉上饱含热情、柔情脉脉，实际上冷如冰。他在她耳边低语了一句"坚持住"，接着大声说道："那么我们去登记处吧。"

第十二章

登记处负责人是一位看起来像极其严格的保育员的女人。她的头发挽成一个难看的发髻，戴着一副夹鼻眼镜，看起来很高效。看到贝特顿夫妇踏进办公室，她点点头表示赞许。

她说道："哦，您把贝特顿夫人带来了，这好极了。"

她的英语说得很流利但是过于字斟句酌，让希拉里怀疑她是个外国人。实际上她是瑞士人。她让希拉里坐下，打开身边的一个抽屉，拿出一沓表格，飞快地写了起来。汤姆·贝特顿有点尴尬地说："那么，我把奥利芙留在这儿了。"

"哦，好的，贝特顿博士。一下子办完所有手续是最好不过的。"

贝特顿走了，并关上了门。那个"机器人"——希拉里是这么认为的——继续写着。

"好了，"她事务性地问道，"请告诉我您的全名，年龄，出生地，父母的名字，是否有重病史，口味偏好和爱好，以及工作经历和学历，还有食物饮品方面的喜好。"

登记程序似乎没有结束的意思。希拉里茫然地回答着问题，近乎机械性。现在她很感激杰索普对她的反复考察和检验了。她全都掌握了，因此才能回答得如此顺畅自然，没有任何停顿或犹豫。"机器人"终于填完了最后一栏,说道:"好了,我这个部门负责的就这些。现在我带您去施瓦茨医生那儿,她会给您做个医学检查。"

"为什么!"希拉里问道,"有这个必要吗?这也太奇怪了吧。"

"我们必须检查彻底,贝特顿太太,并且在您的档案里记录下来。您会很喜欢施瓦茨医生的。她那儿完成之后再去鲁贝克博士那儿。"

施瓦茨医生是一位亲切的金发女郎,她给希拉里做了一次全面的体检,然后说:"好了,结束了!现在去找鲁贝克博士吧。"

"鲁贝克博士?也是一位医生吗?"希拉里问道。

"鲁贝克博士是一位心理学家。"

"我不想见心理学家。我讨厌心理学家。"

"您先别着急,贝特顿太太。不是让您去接受治疗之类的,就是一个智力测试,并对您的个性进行归类。"

鲁贝克博士是一个神情忧郁、身材高大的瑞士人,大概四十岁。他和希拉里打过招呼后看了一眼施瓦茨医生那儿提供的卡片,赞同地点头道:"您很健康,我很高兴。我听说您最近遭遇了一次飞机事故。"

"是的,"希拉里说道,"我在卡萨布兰卡的医院里住了四五天。"

"四五天可不够啊。"鲁贝克博士责备道,"您应该待得更久些。"

"我不想再待在那儿了。我想继续旅程。"

"哦,是啊,当然,可以理解,但脑震荡患者应该多休息。您可能看上去恢复正常了,但没准儿有严重的后遗症。是的,我看您的神经反射不太正常,一部分是因为旅程辛劳,另一部分,毫无疑问该归咎于脑震荡。您头疼吗?"

"嗯,总是非常疼。我最近总是迷迷糊糊的,还记不住事。"

希拉里觉得必须强调这一点。

鲁贝克博士点点头,安慰道:"是的,是的,是的,但您不要担心,这一切都会过去。现在我要给您做一系列测试,看看您属于哪一类。"

希拉里有一点不安,但很好地完成了。这个测试似乎只是个惯例流程。鲁贝克博士在一张长表格上做了各种记录。

"很好。"他说,"我喜欢面对没有任何天赋的普通人!请您原谅,夫人,我这么说并非贬义。"

希拉里笑了。

"哦,我确实不是个天才。"她说道。

"您真是幸运。"鲁贝克博士说,"我向您保证,您在这里将会平平安安的。"他叹了口气,"您可能已经知道了,这里的人大多智力超群,但是神经敏感,很容易走极端或压力过大。现实中的科学家,夫人,可不像小说里写的那样冷酷、平静。事实上,"鲁贝克博士若有所思地说,"一流的网球选手、歌剧中的首席女歌手和核物理学家,这三类人的情绪稳定性是差不多的。"

"我想您说得对。"希拉里说道,记起自己正在扮演与科学家亲密生活了几年的妻子,"没错,他们有时会比较情绪化。"

鲁贝克博士摊开双手。

"您简直无法相信他们在这儿发脾气的样子!"他说道,"争吵,嫉妒,过于敏感!我们不得不采取一些措施来处理这类事情。但是您,夫人,"他笑着说,"您属于这里的少数人。幸运的少数人,请您允许我这么说。"

"我没太听懂。哪一种少数?"

"妻子们。"鲁贝克博士说道,"没多少妻子跟到这儿来,能通过测试的就更少了。大部分妻子反而会因为离开了聪明的丈夫和丈夫的同事而感到解脱。"

"妻子们在这里能做些什么呢?"希拉里问,又不好意思地补充道,"您看,这里的一切对我来说都是全新的。我还什么都不懂呢。"

"当然了,自然,这没什么好奇怪的。这里能满足您的各种爱好,有丰富的休闲娱乐项目,还提供一些课程,范围很广。我希望您能在这里享受到美好的生活。"

"您呢?"

这是一个相当冒失的问题,希拉里想了一两分钟这么问是否明智才问出了口。但鲁贝克博士似乎被逗乐了。

"是的,夫人。"他说道,"我认为在这里的生活极其平静、有趣。"

"您从不觉得对不起……瑞士吗?"

"我一点也不想家。不想。部分也是因为我的家庭情况不好,我和妻子有几个孩子。夫人,我不是个居家男人,这里的条件对我来说绝对更加轻松。我有大量的机会研究我所感兴趣的人类心智方面的课题,而且我正在写一本这个主题的书。不用关心家庭事务,就没什么能让我分心、打断我。对我来说合适极了。"

鲁贝克博士站起来,礼貌而正式地与希拉里握手。希拉里问:"接下来我该去哪儿?"

"拉罗什小姐会带您去服装部。至于这里的检查结果嘛,我敢保证,"他鞠了个躬,说道,"会很完美。"

鉴于刚刚见识过一位像机器人一样的女士,希拉里被拉罗什小姐惊到了。拉罗什小姐曾经是巴黎一家高级时装店的店员，充满女性魅力。

"夫人，认识您我真高兴，希望我能帮到您。您刚到，毫无疑问，您一定疲惫极了，我建议您今天先选择一些生活必需品就好了。明天以及之后的整个星期，您都可以在空闲的时候来这里看看有什么适合您的。我一直认为匆忙选购太累人了，还会毁了购物的乐趣。所以我建议，如果您同意的话，就先选一套内衣和一件晚礼服，可能还需要量量尺寸。"

"听起来棒极了。"希拉里说，"您不知道，只有一把牙刷和一块海绵感觉有多奇怪。"

拉罗什小姐欢快地笑了起来。她手脚麻利地为希拉里量好了尺寸，带希拉里走进一间宽敞、有内置壁橱的房间。这里有各式各样的衣服，全都质地上乘，剪裁得体，尺码齐全。希拉里选完必备衣服之后，她们又来到化妆品部，希拉里在这里选了粉扑、乳液和一些洗浴用品。这些东西都由一位侍者拿着，一个当地姑娘，黝黑的面庞闪着光，穿着一身干干净净的纯白色衣服，也将由她把这些东西送去希拉里的房间。

选购商品的整个过程让希拉里越来越觉得自己身在梦中。

"我希望能有幸很快再次见到您。"拉罗什小姐优雅十足地说道，"夫人，陪您选衣服真是件乐事。跟你私下说吧，这里的工作有时让我很沮丧。那些女科学家总是不太在意服饰。事实上，半个小时之前您的同行者刚来过这里。"

"海尔格·尼达姆？"

"哦，是的，是这个名字。当然了，她是个德国佬，德国佬都不喜欢我们法国人。其实只要稍微注意一下形象，她倒是不难看；穿些贴合身体曲线的衣服就会很好看。但是她不！她对衣饰毫无兴趣。我知道她是一位医生，某一领域的专家。我衷心希望她对病人的兴趣要远远大于对服饰的兴趣——哦！那样的人，哪个男人会看她第二眼？"

这时，身材苗条、肤色黝黑、戴夹鼻眼镜的詹森小姐走进这个时尚沙龙。

"贝特顿太太，您都处理完了吗？"她问道。

"是的，谢谢。"希拉里回答。

"那么您来见见副院长吧。"

希拉里用法语告别了拉罗什小姐，跟着办事认真的詹森小姐走了。

"谁是副院长啊？"希拉里问道。

"尼尔森博士。"

希拉里的第一反应是这里的所有人都是什么博士。

"那谁是尼尔森博士呢？"她又问道，"他是医生还是科学家之类的？[①]"

"哦，他不是医生，贝特顿太太，他负责管理和行政工作，也处理投诉。他是这个组织的行政主管。每个到这里的新人都要和他聊聊，之后我想您就不会再见到他了，除非发生了非常要紧的事情。"

"我明白了。"希拉里谦卑地说。对方的严肃态度让她觉得有些好笑。

尼尔森博士的办公室外有两间接待室，速记员们正忙着。希拉里和她的向导得到允许后走进了里面的私人办公室，尼尔森博士从一张大写字台后站起来。他身形高大，气色极好，举止文

[①] 原文 Doctor 有医生和博士两个含义。

雅。虽然他只有轻微的口音，但希拉里觉得他一定有美国血统。

"哦！"他走上前去和希拉里握手，"这位是……是的……让我瞧瞧——是的，贝特顿太太。欢迎您来到这里，贝特顿太太，希望您喜欢这儿。对您在旅程中经历的那次不幸的意外我深感同情，也很高兴地看到结果并不太糟。是的，您幸运地来到了这里。真是非常幸运。哦，您的丈夫都等您等得不耐烦了，现在您既然来了，我希望您能安定下来，与我们一道快乐地生活。"

"谢谢您，尼尔森博士。"希拉里坐在尼尔森博士拖来的椅子上。

"您有什么问题想问我吗？"尼尔森博士又坐回桌边，身子前倾，一副鼓励希拉里提问的样子。

希拉里微微一笑。

"这个问题可真难回答啊！"她说，"说实话，我有太多问题想问了，就是不知该从哪个问起。"

"确实，确实，我能理解。我的建议是——这只是个建议，没有其他意思——什么都别问，顺其自然，看看会发生什么。这是最好的方式，相信我。"

"我觉得自己一无所知，"希拉里说道，"这里的一切都非常……非常出人意料。"

"是的，大多数人都这么认为。大家来时普遍认为自己会被带到莫斯科。"他欢快地笑了起来，"我们这个荒漠之家确实让大多数人颇为震惊。"

"这对我来说真是惊讶极了。"

"嗯，我们事先不会透露太多消息。可能会有人不够慎重，您知道的，慎重非常重要。但您在这里会很舒适，您会发现的。遇到任何您不喜欢的——或者非常想要的……只需提出要求，我们就会努力想办法！比如艺术类的要求，绘画、雕塑、音乐之类的，我们有一个部门专门负责这类事情。"

"我恐怕没有这方面的天赋。"

"嗯……这里也是有社交活动的。通过一些比赛，您知道的。我们有几个网球场和壁球场。其实只要一两个星期就能认识些朋友，特别是随行的太太们，如果我能这么说的话。丈夫们有工作要忙，因此有时候，随行的太太就需要花一点时间……嗯，找到能聊得来的其他太太。就是这样的。您能听明白吧？"

"但是要一直……一直……待在这里吗？"

"待在这里？我不是太明白，贝特顿太太。"

"我的意思是，是要一直待在这里，还是之后会去别处？"

尼尔森博士的态度变得暧昧起来。

"哦，"他说，"这取决于您的丈夫。哦，是的，是的，这在很大程度上取决于他。有很多种可能。很多种。但现在最好先别说这个。我建议您，嗯……三个星期后再来见我，告诉我您是如何安顿下来的。到时我们再聊这类事情。"

"那么……能外出吗？"

"贝特顿太太，外出？"

"我的意思是走到墙外。走出大门。"

"您会这么问是再自然不过的了。"尼尔森博士此时表现得非常非常慈祥，"是的，很自然。大多数人刚来时都会问这个问题。但我们组织的宗旨是：这里就是一个世界。因此没必要出去，希望我这么表达您能理解。外面只有一片荒漠。贝特顿太太，接下来我要说的并不是针对您，确实大多数人刚来到这里时都会患上轻微的幽闭恐惧症，这是鲁贝克博士告诉我的。但我向您保证，这种感觉很快就会过去。要我说，这只是你从过去那个世界带来的遗留物。贝特顿太太，您观察过蚁穴吗？非常奇妙的景观。非常有意思，非常吸引人。成千上万只黑色小蚂蚁匆忙来去，那么热诚，那么急切，那么有目的性，但整个画面看起来乱作一团。您离开的那个糟糕的世界也是这样的。但我向您保证，这里平和安逸，未来可期，有无限的时光。"他笑了起来，"是一片人间乐土。"

第十三章

"这里就像一所学校。"希拉里说道。

她再次回到了自己的房间,刚才挑选的衣服和配饰都已经在她的卧室了。她把衣服挂进衣橱里,其他东西也按喜好放好。

"是的,"贝特顿说,"最初我也有这种感觉。"

他们之间的谈话很谨慎,还有点不自然。房内可能装有窃听器的阴云仍飘在他们头顶。他委婉地说道:"但我认为这没什么,你知道的,我觉得可能是想得太多了。不过当然……"

他就点到为止,希拉里知道他没有说出口的话是"不过当然我们还是小心点为好"。

希拉里觉得整件事就是一场奇异的噩梦。她在这里,跟一位陌生男子共享一间卧室,但强烈的非现实感和危险感让这种亲密都不那么尴尬了。她想,这就像在瑞士登山时和向导及其他登山者分享一间小屋一样理所当然。

一两分钟之后,贝特顿又说道:"当然,需要努力适应这里。让我们放松点儿,平常些,就好像我们仍然待在家里。"

希拉里听出了话里的深意。非现实感还会持续一段时间,但此时不能触及贝特顿离开英国的原因、他的愿望、他是否感到幻灭这类话题。他们两人正在不确定的威胁之下扮演属于自己的角色。于是她马上说道:"我刚才被带去办了很多手续。体检,心理测试之类的。"

"是的,大家都这样。我认为这是应有的流程。"

"你也被检查过吗?"

"差不多吧。"

"接着我去见了副院长——我想他们是这样称呼他的。"

"是的,他掌管这里,是一个非常称职、非常认真的好领导。"

"但是他并不是最高领导吧?"

"哦,不是的,还有院长。"

"还要……我还要……去见院长吗?"

"我想你会见到他的。他不常在,有时过来看我们一下——他拥有鼓舞人心的人格魅力。"

贝特顿微微皱起了眉,希拉里觉得最好放弃这个话题。贝特顿看着表,说:"晚餐是八点。八点到八点三十。我们最好现在就下楼去,你准备好了吗?"

他说的好像他们正住在酒店里一样。

希拉里穿上她刚挑选的衣服,一条柔软的灰绿色连衣裙,很好地衬托了她的红发。她戴上一条非常漂亮的人造珠宝项链,说她一切就绪。他们下了楼,顺着走廊走到一间巨大的餐厅。詹森小姐走上前来迎接他们。

"汤姆,我给你安排了一张稍大的桌子。"她对贝特顿说道,"与您夫人一起来的两位同行者会跟你们坐在一起,当然了,还有莫奇森夫妇。"

他们走向那张桌子。厅里放着四人桌、八人桌或十人桌。安迪·彼得斯和埃里克森已经坐在桌边了,看到希拉里和汤姆走过来，他们赶忙站起来迎接。希拉里向两个人介绍了自己的"丈夫"。他们坐了下来，很快，另一对夫妇也加入进来。贝特顿介绍说他们是莫奇森博士和他的太太。

"西蒙和我在同一个实验室工作。"他解释道。

西蒙·莫奇森大概二十六岁，身形瘦削，像患有贫血症。他的妻子肤色较深，矮胖结实。她说起话来带有浓重的外国口音，希拉里判断她是一名意大利人。她的教名是比安卡。她彬彬有礼地向希拉里问好，但在希拉里看来她似乎有所保留。

"明天，"她说道，"我带着你去四处转转。你不是科学家，对吗？"

"我想我没接受过科学专业教育。"希拉里应道，"结婚前我是一位秘书。"

"比安卡学过法律。"她丈夫说道，"她学过经济和经济法，有时候她会在这里开班教学。在这里想找到足够多的事情填满时间可不容易。"

比安卡耸耸肩。

"我会处理好的。"她说道，"当然，西蒙，我来这里是陪你的，但我觉得也可以在这里做些事。我正在调查客观条件，可能贝特顿太太能帮助我做些事，鉴于她并不需要做什么科学研究。"

希拉里连忙对此计划表示赞同。这时安迪·彼得斯委屈地说："我觉得自己就像刚上寄宿学校的小男孩，开始想家了。我很乐意沉下心来做一些事。"这话逗得大家都笑了起来。

"这里是理想的工作场所。"西蒙·莫奇森充满热情地说，"没有干扰，却有你需要的所有设备。"

"您是研究什么的？"安迪·彼得斯问道。

不一会儿，这三个男人就谈论起了各自的专业，希拉里听不懂了。她转向靠着椅背的埃里克森,发现他看上去有点双眼无神。

她问道:"那么你呢?是否也觉得自己像个思念家乡的小男孩?"

他看向她,仿佛他们之间隔得很远。

"我不需要家。"他说,"所有这些东西:家庭,爱的牵绊,父母,孩子,这些都是巨大的负担。人必须完全自由才能好好工作。"

"那你在这里感到自由了吗?"

"目前还说不准。希望如此吧。"

比安卡对希拉里说道:"晚餐后有许多事可做。这里有一间棋牌室,您可以在那里打桥牌;还有电影院,每周三有话剧演出;偶尔还有舞会。"

埃里克森略显厌恶地皱起眉,说道:"这类事都不值得做,只会损耗精力。"

"对我们女人来说可不是这样,"比安卡说道,"对我们女人来说,这些事是必须做的。"

埃里克森用冷酷得近乎没人情味的厌恶眼神看着她。

希拉里心想:对他来说,女人都不是必需的。

"我想早点休息。"希拉里说,并故意打了个哈欠,"今晚就不看电影或打桥牌了。"

"是啊,亲爱的,最好早点上床休息,好好睡一觉。"贝特顿连忙应道,"我忘了,你刚到,这一路太辛苦了。"

众人从桌边站起身时贝特顿说道:"晚上的空气非常好。晚饭后我们常去屋顶花园散散步,然后再各自去工作或消遣。我们先去上面待一会儿吧,然后你就去休息。"

他们搭乘电梯上楼顶,开电梯的是一位身穿白袍、长相俊朗的本地人。这里的服务人员都比纤瘦漂亮的柏柏尔族人皮肤更黑、身材更壮,希拉里觉得他们更像生活在荒漠的人种。顶层花园的美景深深震撼了希拉里,同时她想到建造这么一座花园所花费的资金。成吨的泥土被运过来,再抬到房顶,最终打造出一个仿若《一千零一夜》里的神话世界。这里有喷泉、高大的棕榈树、香蕉树和各式植物,小径是由绘有波斯花纹的漂亮彩色瓷砖铺成的。

"这真是超乎想象,在沙漠的中心。"她将自己的感受说了出来,"这简直就是《一千零一夜》。"

"我同意您的说法,贝特顿太太,"莫奇森说,"就像是被灯神带进了仙境!啊,只要有水源和金钱,我想即便在沙漠里也没有什么是做不到的——只是水和钱都要足够多。"

"这水是从哪里来的?"

"从大山深处引来的泉水。这是组织存续的基础。"

他们上来时屋顶花园里有不少人,但现在都走得差不多了。

莫奇森夫妇也告别了,他们要去看芭蕾舞表演。

没几个人了。贝特顿挽着希拉里,把她带到一处靠近栏杆的僻静地方。头顶繁星满天,四周空气清冷,令人愉悦。他们两个人终于独处了。希拉里坐在一个矮水泥凳上,贝特顿站在她身前。

"那么,"他压低声音说道,"你究竟是谁?"

她抬头看了他一会儿,没有回答。在回答他的问题之前,她想先搞明白一些事。

"你为什么把我认作妻子?"她问道。

他们互相打量着对方,谁也不愿意先回答对方的问题。这是一场意志力的斗争,但是希拉里知道,无论汤姆·贝特顿离开英国时什么样,此时他的意志力肯定不如她。她是怀着重组生活的自信来到这里的,而汤姆·贝特顿的失踪是事先安排好的。因此她更强大。

最终,他将视线从她身上移开,低声说道:"那不过……是我一时冲动。我是个该死的蠢蛋。我以为你是被派来……带我离开这里的人。"

"那么,你确实想离开这里,对吗?"

"天哪,这还用问吗?"

"你是怎么从巴黎来这里的?"

汤姆·贝特顿苦笑了一下。

"不是被绑架来的,如果你是这个意思的话。我来这里是出于本意,通过我自己的努力,带着满腔热情,迫切地来到这里。"

"你知道自己会来到这里吗?"

"我不知会到非洲来,如果你是这个意思的话。我也被诱惑吸引了。世界和平,全球的科学家自由分享科学的秘密;推翻资本主义,打倒战争贩子——这些惯常套话!那个和你一起来的彼得斯也是被这样的话给骗来的,他也上当了。"

"然后你到这里以后……发现并不是这样的?"

贝特顿再次露出苦笑。

"你会明白的。哦,可能这里本没有错,只是不是我想象的那样。这里……不自由。"

他坐在她旁边,皱起眉头。

"你知道在英国时我为何那么失落吗,是因为时刻有被监视、被审查的感觉。那些安全防范措施。做什么都要解释,亲朋好友的身份都要审查……我知道这些是必要的,但真的会让人失落……而恰在此时，有人来跟你说了某种主张……嗯，你听了……觉得还不错……"他微微一笑，"于是就……来到了这里！"

希拉里缓缓地说："你的意思是，这里其实和你试图逃离的环境是差不多的？你依旧被监视、被审查——或者情况更糟糕？"

贝特顿紧张不安地拢起搭在前额的头发。

"我不知道。"他说，"坦白来说我并不知道。不确定。可能只是我自己乱想的。我不知道自己是否被监视着。监视我是为了什么？为什么做这么麻烦的事？他们已经把我带到这里了——关进了监狱。"

"难道这里没有一处与你所想的一致吗？"

"这就是最奇怪的地方。我想从某方面来说其实是我所想的，这里有完美的工作条件。拥有所有的设备，各式各样的仪器。你愿意工作多久就工作多久，想少做一些也可以。在这里生活很舒适，物资充足，食物，衣服，住所……但你就是时刻觉得自己是在监狱里。"

"我明白。今天到这儿的时候，大门关上的那一刻简直恐怖极了。"希拉里颤抖着说。

"现在，"贝特顿像是打起了精神，"我已经回答了你的问题，该你回答我的问题了。你伪装成奥利芙来这里，有什么目的？"

"奥利芙……"她停住了，不知道该怎么说。

"嗯？奥利芙怎么了？她遇到了什么事吗？你想说什么？"

她同情地看着贝特顿那张憔悴不安的脸。

"我有点不敢告诉你。"

"你的意思是……她出了什么事？"

"是的。我很遗憾,遗憾极了……你的妻子她死了……她要来见你,但是飞机坠毁了。她被送去了医院,两天之后去世了。"

他直直地望向前方,好像在极力抑制自己表露出任何感情。接着他平静地说:"这么说奥利芙死了?我知道了……"

接下来是长时间的沉默。然后他转向她,说:"好吧,现在接着说吧。你顶替她来到了这里,为什么?"

这一次希拉里准备好答案了。汤姆·贝特顿以为她是被派来"带他从这里离开"的,但事实并非如此。希拉里是一个间谍。她是来搜寻情报的,而不是为了搭救这么一个自愿来这里的男人。况且她根本救不了他,她自己也同样是个犯人。

她感觉此时全盘托出有些危险,贝特顿濒临崩溃边缘,随时都有可能彻底崩溃。在这样的情况下,可不能指望他保守秘密。

她说道:"你妻子死的时候我在她身边,于是我提出代替她设法去找你。因为她急切地想向你传达一个消息。"

贝特顿皱起眉。

她连忙说下去,趁他还没觉察到这个故事的漏洞。

"确实……听起来很不可思议。你看,我很赞同那些观点,你刚才谈到的观点——共享科学秘密:一个新的世界。这也让我激动万分。加上我的头发,如果他们只知道要来一个年龄相当的红发女人,我想我能蒙混过关。总之看起来值得一试。"

"是的。"他说道,眼睛扫过她的头发,"你的头发跟奥利芙的很像。"

"再加上,你看,你的妻子她非常迫切,迫切地想向你传达那个消息。"

"哦,是啊,那个消息是什么消息?"

"她想告诉你要小心,非常小心,你正处在危险中。要留意一个叫鲍里斯的人。"

"鲍里斯？鲍里斯·格莱德尔，是这个人吗？"

"是的，你知道他？"

他摇摇头。

"从没见过，但我知道这个名字。他是我前妻的一个亲戚，我听说过他。"

"为什么说他危险？"

"什么？"贝特顿机械性地应道。

希拉里又重复了一遍问题。

"啊，这个。"他的思绪似乎从很远的地方转了回来，"我也不知道为什么他对我来说是危险的。但是从各个方面来说，他确实是个危险的家伙。"

"从哪方面？"

"嗯，他是那种有些疯狂的理想主义者，会为了某种他们认为是正确的原因而愉快地杀掉一半人类。"

"我知道你说的那类人。"

希拉里觉得她真的知道——仿佛就在眼前。（但为什么会有这样的感觉？）

"奥利芙见过他了吗？他对奥利芙说了些什么？"

"我不知道。她就说了刚才那些话，危险什么的……哦对，她说'真不敢相信'。"

"相信什么？"

"我不知道。"她迟疑了一下，接着说，"你看，那时她就快死了……"

痛苦扭曲了他的脸。

"我知道……我知道……我会慢慢适应的，眼下我还无法相信。但是，鲍里斯，我很困惑，我在这里，他要怎么伤害到我呢？如果他曾见过奥利芙，那么我想他应该在伦敦？"

"他是在伦敦，是的。"

"那我就不明白了……唉，不过又有什么关系呢？到底有什么关系呢？我们在这里，被困在这样一个残暴的组织里，周围都是毫无人性的机器人……"

"这也是他们给我的感觉。"

"并且我们逃不了。"他扬起拳头砸在水泥凳上，"我们逃不了。"

"不，我们可以。"希拉里说。

他惊讶地盯着她。

"你在说什么？"

"我们会找到办法的。"希拉里说。

"我亲爱的姑娘，"他嘲讽地笑道，"你一点都不明白在这个地方所面临的是什么。"

"在战时，人们能从最不可能的地方逃脱。"希拉里倔强地说，她不准备向绝望妥协，"挖地道，或做其他事。"

"可你怎么在岩石层挖地道？要挖到哪里？这里四面都是荒漠。"

"那么只好去尝试'做其他事'了。"

他看着她。她自信满满地笑着，与其说是发自内心地相信不如说是一种坚持。

"你可真是个特别的姑娘！对自己信心十足。"

"总能找到办法的。只是我想需要时间和制订计划。"

阴云再次笼罩了贝特顿的脸。

"时间。"他说道，"时间……这正是我提供不了的。"

"为什么?"

"我不知道你能否理解……是这样的,在这里我做不了事。"

"什么意思?"

"该怎么说呢?我无法工作,无法思考。我的工作需要高度集中精力,大部分工作是需要……嗯……创造性的。但自从来到这里,我就失去了创造的动力,只能做一些苦力工作,任何一个拙劣的科学界同行都能做的事。但他们把我带到这里不是为了做这些事的,他们需要一些原创性的东西,而我创造不出原创性的东西。而且我越是紧张害怕,就越研究不出什么有价值的成果。这快把我逼疯了,你能明白吗?"

是的,她现在明白了。她回忆起鲁贝克博士关于女歌剧家和科学家的话。

"如果我不能提供什么有价值的东西,这个机构会怎么处理我呢?他们会清除我的。"

"哦,不会的!"

"不,他们一定会的。这里的人根本不具备情感。让我得以活到现在的原因是我在做整容手术,你知道的,这种手术一次只能进行一点点。一个不断接受小手术的人怎么集中精力啊!但现在手术做完了。"

"为什么要做整容手术?意义何在?"

"你问这个!是为了安全。我指的是我的安全。所有……'被通缉的人'都要做这种手术。"

"你'被通缉'了?"

"是的,你不知道吗?哦,我想这种事不会登在报纸上的。可能连奥利芙都不知道。但我确实被通缉了。"

"是因为……叛国罪吗?你把原子研发机密卖给其他人了?"

他避开了她的视线。

"我没有出卖任何东西。我把我知道的实验进程告诉了他们——免费的。我是主动告诉他们的,如果你愿意相信我。作为整个体系的一部分,加入到这个科学泳池。你能明白吗?"

希拉里明白。她明白安迪·彼得斯也想这么做。她还曾见过埃里克森眼里带着狂热,以一种高尚的激情背叛自己的祖国。

但眼下汤姆·贝特顿说出这一切的时候,她有点难以接受。并且,她惊讶地发现贝特顿在这几个月内的变化:充满热情地来到这里,现在却紧张,沮丧,自卑,变成了一个被吓坏了的普通男人。

希拉里慢慢接受了这里的逻辑。这时贝特顿紧张地环视四周,说:"大家都下去了,我们最好……"

她站了起来。

"嗯,其实也没什么,你知道的,他们会认为这再自然不过了——在这种情况下。"他有些尴尬地说,"我们还要继续演戏,你知道的。我的意思是……你必须继续扮演……我的妻子。"

"当然。"

"我们要在一间屋子里生活之类的。但不会发生什么的,我的意思是,你不要担心……"

他不好意思再说下去了。

他是多么英俊啊,希拉里看着贝特顿的脸,心里想着,可我怎么一点都不心动呢……

"我觉得我们现在不应该担心那些事,"希拉里欢快地说,"最重要的是,如何活着离开这里。"

第十四章

在马拉喀什马穆尼亚旅馆的一个房间里,那个叫杰索普的男人正跟赫瑟林顿小姐交谈着。这位赫瑟林顿小姐跟希拉里在卡萨布兰卡和菲斯见过的那个赫瑟林顿小姐不同。虽然外形相似,都穿毛衣两件套,相同的糟糕发型,但神情举止不同。这位女士聪明能干,看上去十分年轻。

房间里还有一位肤色黝黑,矮胖健壮的男子,他有一双聪慧的眼眸。他正一边用手指轻叩桌面,一边低声哼唱着一首法国小调。

"这些就是你所知道的在菲斯和她说过话的人?"杰索普说。

珍妮特·赫瑟林顿点点头。

"那个叫卡尔文·贝克的女人,我们在卡萨布兰卡时就遇到过她。坦白说,我现在还搞不清楚她这个人。她对奥利芙·贝特顿很好,对我也友善。但美国人一向友善,他们喜欢在酒店里找人攀谈,喜欢在旅途中交朋友。"

"是的。"杰索普说,"如果她就是我们要找的人的话,似乎过于明显了。"

"不过她也在那架飞机上。"珍妮特·赫瑟林顿说道。

"你认为,"杰索普说,"那起事故是预先安排好的。"他转向那个肤色黝黑、矮胖健壮的男子，"勒布朗，你怎么看？"

勒布朗停止了哼唱，叩击桌子的手指也停下了一两分钟。

"有可能。"他说道，"飞机坠毁的原因可能是有人人为破坏了飞机零件，但实情我们永远无法得知。飞机坠毁，一场大火把一切都烧光了，飞机上的人全部遇难。"

"关于那位驾驶员，有什么信息吗？"

"阿尔卡蒂？年轻，技术过硬。没别的了。"顿了一瞬后他又补充了一句，"拿到的报酬很低。"

杰索普说："就算他想换个工作，也不至于自杀吧？"

"有七具尸体。"勒布朗说道，"全都烧焦了，无法辨认，但确实有七具尸体，无人生还。"

杰索普转向珍妮特·赫瑟林顿，说道："你继续。"

"在菲斯与贝特顿太太交流过的人包括一个法国家庭，一位瑞典富商和一位艳光四射的女郎，还有富有的石油大亨阿里斯提德先生。"

"啊哦，"勒布朗说道，"那位传奇人物。我经常问自己，拥有全世界的财富那是一种怎样的感觉？对我而言，"他坦率地补充道，"我要良驹和美人，还有能得到的所有东西。但是据说老阿里斯提德先生一直隐居在西班牙的城堡里——他那个城堡可是真正的城堡啊，亲爱的——传闻还说他在收藏中国宋代的瓷器。要知道，他至少七十岁了。这个岁数的人恐怕只对中国瓷器感兴趣了。"

"中国人认为，"杰索普说，"六十到七十岁的人是阅历最丰富的，也是最能欣赏生命中的美好与乐趣的。"

"饶了我吧！"勒布朗说。

"在菲斯时我们还遇见了几个德国人。"珍妮特·赫瑟林顿继续说道,"但据我所知,他们都没跟贝特顿太太说过话。"

"或许还要加上服务员和酒店工作人员。"杰索普说。

"有可能。"

"你说她是独自一人前往古城区的?"

"和一位普通导游一起。那次出行中可能有人跟她接触过。"

"不管怎样,她突然就决定去马拉喀什了。"

"不算突然。"她纠正道,"她早就订好了票。"

"哦,我说错了。"杰索普说道,"我是指卡尔文·贝克太太是突然决定陪她一起去的。"他站起身来,踱着步,又说道,"她坐上了飞往马拉喀什的航班,但那架飞机坠毁了,烧成灰烬。好像只要取名叫奥利芙·贝特顿,坐上飞机都会遭遇不测,不是吗?先是在卡萨布兰卡附近失事,随后又遇到了一次。只是个巧合还是蓄谋已久的呢?我得说,如果有人想要除掉奥利芙·贝特顿,有许多比毁掉一架飞机更容易的方式。"

"可谁知道呢,"勒布朗说道,"亲爱的朋友,我的意思是,如果你在思想上认为人命无关紧要,而且比起在深夜手持匕首等在暗处伺机捅人一刀,你认为在飞机座位下面放一包炸药要容易得多,那么你就会把炸药包放在那里,根本不会考虑其他六个人的命。"

"确实如此。"杰索普说,"我知道没人认同,但我仍然认为存在另一种可能——那场事故是人为伪造的。"

勒布朗饶有兴趣地看着他。

"是的,有这个可能。飞机正常降落了,然后人为纵火。但你不能忽略这样的事实,亲爱的朋友杰索普,飞机上有人。烧焦的尸体确实在飞机上。"

"我知道,"杰索普说,"这正是整件事中让人想不明白的地方。唉，我也承认我有点异想天开了，但这场追踪以这么个结果结束，实在太干脆了。过于干脆。这就是我的感受。我们的工作就此结束了，在报告末尾写上'愿他们安息'，然后就结束了。没有任何可继续追查的线索了。"他再次转向勒布朗，"你调查了吗？"

"调查两天了。"勒布朗说，"派了最好的人。飞机坠毁的地方十分荒凉。顺便一提，那里不在航线内。"

"这一点很重要。"杰索普插嘴道。

"离那里最近的村庄、最近的居民、可以追寻到的最近的车辆的痕迹，都进行了充分调查。在这里和在您的国家一样，我们都知道调查这件事有多重要。我们法国也丢失了很多年轻有为的科学家。但在我看来，亲爱的朋友，控制一位脾气变化无常的歌剧歌唱家都要比控制一位科学家容易得多。那些年轻人，智力超群，性格古怪，充满反叛精神，最重要也最危险的是，他们非常容易上当受骗。他们幻想中的世界什么样？甜蜜光明、尊重真理的黄金盛世？唉，可怜的孩子们，等着理想幻灭吧。"

"我们再过一遍乘客名单吧。"杰索普说。

法国人伸出手，从一个铁篮子里拿出一张名单，放在他的同事面前。然后两个男人靠在一起，聚精会神地看着。

"卡尔文·贝克太太，美国人。贝特顿太太，英国人。托基尔·埃里克森，挪威人——你对这个人有印象吗？"

"没什么印象。"勒布朗说，"很年轻，最多二十七八岁。"

"我见过这个名字。"杰索普皱着眉说道，"我想——几乎能肯定——他在英国皇家学会读过一篇论文。"

"接着是位信徒。"勒布朗又看向名单，说道，"一位叫玛丽的修女。安德鲁·彼得斯，也是一位美国人。巴伦博士，这位赫赫有名啊,巴伦医生。他声名卓著,是病毒领域的专家。"

"生化战争,"杰索普说道,"说得通。一切都说得通了。"

"但他拿的钱很少,想必十分不满。"勒布朗说。

"有几个人想去圣艾夫斯呢?"杰索普低声嘟囔。

法国人瞥了他一眼,杰索普赶忙抱歉地解释。

"一首古老的童谣里唱的。'你真的要去圣艾夫斯吗,那里可是旅程的尽头。'"

这时桌上的电话响了,勒布朗拿起听筒。

"喂?您是哪位?啊,好的,让他们上来吧。"他转向杰索普,面色忽然变得活泼愉悦,"是我的一个手下,报告说他们有了些发现。亲爱的同事,可能——我知道得也不太多,但可能您的乐观主义观点将被证明是对的。"

几分钟后两个男人走进了房间。其中一个跟勒布朗是同一种类型的,矮胖健壮,肤色黝黑,聪明机智。他举止敬重却透着一丝兴奋,身上的西装脏兮兮的,还满身尘土,明显刚结束一段旅行归来。跟着他的那一位穿着当地那种白色长袍,散发出住在偏远地区的人所特有的庄严和沉静感,举止不卑不亢。第一个男人用法语快速地汇报时,他略显好奇地环视整个房间。

"悬赏通告做好了,已经发出去了。"法国男人说道,"这个人以及他的家人,还有他的许多朋友,一直在仔细搜寻。这次我带他来,是想交给您他找到的东西,另外可能您想问他些问题。"

勒布朗转而看向那个柏柏尔族人,用阿拉伯语说道:"您做得好极了。您有如鹰一般锐利的双眸啊,老人家。那么,给我们看看您找到了什么吧。"

那个柏柏尔族人从白色长袍里拿出一个小东西,走上前几步,把那东西放在了法国人的面前。是一颗硕大的灰粉色人造珍珠。

"这个和你给我,我又拿给其他人看过的那颗一样。"他说,"我找到了它,应该很有用吧。"

杰索普伸出手拿起珍珠,又从口袋里掏出了一颗,仔细研究。接着他穿过房间走到窗边,用高倍放大镜检查这两颗珍珠。

"是的。"他说,"这里有痕迹。"他的语调充满喜悦,又走回桌旁说道,"好姑娘,好姑娘,好姑娘!她做到了!"

勒布朗飞快地用阿拉伯语询问了那个当地人,之后对杰索普说:"我要向您道歉,亲爱的同事,这颗珍珠是在距离出事地点差不多半英里之外的地方找到的。"

"这就表明,"杰索普说,"奥利芙·贝特顿还活着。虽然有七个人搭乘这架飞机离开了菲斯,并且在飞机上找到了七具烧焦的尸体,但这其中并没有她的尸体。"

"现在我们必须扩大搜寻范围。"勒布朗说道。他再次跟柏柏尔族人攀谈起来,之后这两人离开了。"他会得到事先说好的丰厚奖赏。"勒布朗说,"接下来他的人会搜遍整个郊外,找到珍珠。那些人都有鹰一样的眼睛,再加上找到珍珠就能得到丰厚奖赏的消息会很快散布出去。我想……我想,我亲爱的同事,很快就会有结果!只要对手还没有察觉她的行动。"

杰索普摇摇头。

"不会有什么问题的。"他说,"一串每个女人都有的人造珍珠项链忽然断了,她把能找到的珠子都捡了起来、装进口袋,只是口袋正好有个小洞,一个小巧合。他们凭什么对她起疑?她是奥利芙·贝特顿,迫切地想与丈夫团聚。"

"现在,我们要重新看待这整件事了。"勒布朗说着,拿起了乘客名单,"奥利芙·贝特顿。巴伦博士。"他边读边用笔勾出这两个人的名字,"最起码这两个人是知道要去哪里的——并且自愿前往。美国女人卡尔文·贝克太太,她我们还不能下定论。托基尔·埃里克森,您说过他曾在皇家协会上朗读过论文。美国人彼得斯,护照上登记的信息是他是一位从事研究工作的化学家。修女——哦,这个伪装真的做得很好。然后呢,这几位乘客在同一天被从不同的地点通过高超的手段带到了这架飞机上。再接下来,飞机就失火了,最后只留下被烧焦的尸体。我不知道他们是如何安排的,但不管怎么说,做得巧妙极了!"

"是的,"杰索普说,"令人信服的招数。但现在我们知道这六个或七个人又开始了一段新的旅程,而且知道他们的出发地。接下来要做什么——去现场探查?"

"正是如此。"勒布朗说道,"我们要转移阵地了。没搞错的话,只要沿着这条线索追查,一定会渐渐查出其他证据的。"

"只要计算正确,"杰索普说,"就会得出结果。"

计算过程烦琐又曲折。汽车行驶的速度,可能会在哪里加油,乘客们可能会在哪个村庄歇脚过夜……痕迹很多但令人迷惑,失望的情况不断发生,不过也不时有一些积极的成果。

"找到了,队长!遵从您的指示,我们去搜查了公共厕所。在阿卜杜勒·穆罕默德家厕所的一个阴暗角落,我们找到了一颗被口香糖包着的珍珠。父子俩一开始不肯说,后来放弃了,说一辆德国考古队的车拉着六个人来他们家住了一晚。他们给了很多钱,要穆罕默德一家不准把这件事透露给任何人,理由是他们要进行一些非法勘探。另外埃尔凯夫村的小孩们也找到了两颗珍珠。现在我们知道他们前进的方向了。不仅如此,队长先生,正如您所预言的,法蒂玛之手[①]找到了,我把他带来了,让他跟您

[①]西亚及北非常见的一种护身符,有带来好运、防范厄运的用途。

讲一讲吧。"

"他"是一个长相粗犷的柏柏尔族人。

他说道:"那天晚上,我正在放牧,听到有一辆汽车开过来。它就从我身边开过,因此我看到车身侧面有一个'法蒂玛之手'的轮廓。它闪闪发光,真的,在黑暗中发光。"

"在手套上抹些磷粉有时会很有用。"勒布朗嘟囔道,"亲爱的,真有你的,能想到这样的办法。"

"这一招确实有用。"杰索普说,"但很危险。我的意思是太容易被其他逃亡者发觉了。"

勒布朗耸耸肩。

"那东西在白天是看不到的。"

"是的,但如果晚上停车,大家都下车来休息——"

"就算如此,那是阿拉伯人迷信的图案,他们经常在车上画一个。看到了也只会认为是某个虔诚的信徒用发光油漆涂了一个在车上。"

"确实,但我们必须保持警惕。一旦被敌人发觉,他们很可能会伪造'法蒂玛之手'的痕迹来欺骗我们。"

"啊,我同意。人必须时刻保持警惕。一直,永远,保持警惕。"

第二天早晨,勒布朗又拿到了排成三角形的三颗假珍珠,它们也被包在一块口香糖里。

杰索普说:"这是指下一阶段他们要搭乘飞机。"

他用质询的眼神看着勒布朗。

"没错。"勒布朗说道,"这是在一个废置的军用机场里发现的,十分偏远,人迹罕至。有迹象表明有架飞机不久前刚在那里着陆,之后又飞走了。"他耸耸肩,继续道,"未知航班。他们就这样再次启程了,不知道会去哪里。而我们,再一次无迹可寻——"

第十五章

这真是难以置信,希拉里私下里想着,难以置信,我竟然在这里待了十天!生活中最可怕的,莫过于太容易适应环境。她记起曾在法国参观过一次中世纪酷刑展,被囚禁在铁笼里的犯人不能躺着,不能直立,也不能坐下。解说员说最终犯人在里面活了十八年,获释之后又活了二十年,死时已是个老头了。这种适应性,希拉里想,正是区分人与动物的关键。人可以在任何气候环境下生存,什么都能吃,再苦都活得下去。不论是否被奴役。

初到这里,被带进这个组织时,她所感受到的是一种茫然的不安,一种因囚禁和失望所产生的恐惧,用奢华的环境来掩饰囚禁的做法在某种程度上更加重了恐惧。但是现在,在这里待了一周之后,她竟在不知不觉中接受了这一切。这里像梦境一般奇异,什么都很不真实,但她已经有种自己在这个梦里待了很久,而且还要继续待更久的感觉了。或许,会永远待下去……永远待在这个组织里;她的生活就是这样的,与外界无关。

她认为,这种危险的适应能力,一部分应归因于她是个女人。女人天生更具适应性。这是能力,也是劣势。她们审视所处环境,然后便接受它,尽可能安顿下来,争取做到最好。希拉里很想看看一起来的几位同伴的反应。海尔格·尼达姆,只在用餐时能偶尔见到。每次碰到的时候，那个德国女人也只是勉为其难，生硬地点点头致意。在希拉里看来，海尔格·尼达姆很快活、很满足，显然，这个组织和她所料想的一样。她是那种将全副身心都投入到工作中的女人，完全接受自己傲慢的天性。正是这样的人生观让海尔格及她周围的科学家朋友都自我感觉良好。她不关心人类之间的情谊、时代是否和平，以及思想和精神上的解放。对她来说，未来的路很狭窄但一定会成功。她是优越种族中的一员，世界上其余的人则是被奴役的，如果他们表现得不错就恩赐给他们一些善意。尼达姆不关心身边的同事是倾向于共产主义还是法西斯，她认为只要工作优异就能证明他们的价值，而观点总是会改变的。

巴伦博士明显比海尔格·尼达姆更聪明。希拉里偶尔会跟他简短地交谈一番。他全身心地投入工作，对提供给他的工作条件十分满意，但法国人血液里的好奇让他开始猜测并思考所处的环境。

"这里和我想的不太一样，坦白来说。"有一天，他这么说，"跟您说吧，贝特顿太太，但我并不在乎这里是不是监狱。这里确实如监狱一般，只不过牢房是镀金的。"

"这儿几乎没有您所追寻的自由啊，不是吗？"

他露出微笑，一个苦涩的笑容。

"不是的，"他说，"您错了，我不是来寻求自由的。我是个社会人，社会人知道根本不存在自由这玩意儿。只有年轻的、未经锤打的人才会把'自由'一词写在自己的旗帜之上。社会和团体需要一个规则。而文明的实质是克制，寻求中间的平衡之路。人总会回到中间的平衡之路上的。不，我跟您坦白了吧，我来这里是为了钱。"

这次轮到希拉里笑了,她的眉毛都扬了起来。

"在这儿,钱对您来说有什么用?"

"可以买极其昂贵的实验设备。"巴伦博士说,"我不需要自掏腰包就能完成科学研究,满足我自己的求知欲。我是一个热爱工作的人,确实,但我并不是为了给人类带来福音才热爱科学研究的。我发现那些为了人类福祉工作的人大多头脑不清,经常不太称职。我热爱的是从事研究所获得的纯粹的智力上的乐趣。除此之外,我离开法国之前,已经收到了一笔巨款。这笔钱用另一个名字存在某家银行,等这里的工作结束,我就能自由支配了。"

"等这里的工作结束?"希拉里重复道,"会结束吗?"

"人要有基本常识,"巴伦博士说,"没有事物是永恒的,没有什么能永远存在。我认为这个地方是由一个疯子经营的。一个疯子,跟您说,也可能很有逻辑。如果你富裕、有逻辑,同时又是个疯子,你就能让幻想成真,并维持相当长的一段时间。但是最后,"他耸耸肩,"一切终将破灭。因为,您看,这不合理,这里发生的一切都不合情理!不合情理的事必定会被清算。但就目前而言,"他再次耸耸肩,"这里对我而言再适合不过了。"

希拉里以为托基尔·埃里克森会因幻灭而发狂,但他似乎十分适应组织的氛围。他没有法国人的实用主义,而是一心奉行自己的一套观点生活着。他的世界对希拉里来说实在太过陌生,因此她完全无法理解。投身于数学计算之中让他产生了一种单纯的幸福感,还让他看到了未来的无限可能。他性格中的怪异之处和不近人情的冷酷深深震惊了希拉里。她想他是那种年轻人,一旦陷入理想主义,就会愿意毁掉全世界四分之三的人类,留下那四分之一来享受只存在于空想中的乌托邦。

希拉里发觉同美国人安迪·彼得斯更聊得来。她想或许是因为彼得斯是一个有才华的人,而并不是天才。据别人说,他是他所在领域的一流专家,一位细致缜密、技术娴熟的化学家,但不是先驱者。彼得斯和她一样,有些讨厌并害怕组织里的氛围。

"事实上,之前我并不知道自己要去的是个什么地方。"他说,"我以为我知道,但其实我想的是错的。这个地方和政府没有任何关联,不处于莫斯科的管辖之下。这里就像一场表演——可能是一场法西斯性质的表演。"

"你不认为你这么说是在随意贴标签吗?"希拉里问。

他考虑了一下,说:"可能您是对的。不过想想吧,我们说的话又有什么作用呢?但是我很明确一点,我想离开这里,这一点是确定的。"

"这不会太容易。"希拉里压低声音说。

此时他们刚吃完晚餐,正一起在屋顶花园的喷泉旁散步。黑夜与满天繁星让他们产生一种幻觉,觉得自己似乎置身于某位阿拉伯君主的私家花园,整个混凝土建筑在夜色中显得十分朦胧。

"是的。"彼得斯说,"不会容易的,但绝非不可能。"

"很高兴听你这么说。"希拉里说,"哦,听到你这么说我真是太开心了!"

他略带怜悯地看着她,问道:"在这里让你感到害怕了?"

"非常害怕。但这不是我真正担心的。"

"不是?那是什么?"

"我害怕自己适应了这里。"希拉里说道。

"是的。"他若有所思地说,"是的,我明白你的意思。这里一直在给人洗脑,我认为你的担心或许是对的。"

"我以为人们会反抗。"希拉里说。

"是的,是的,我也这么以为。事实上,我曾有一两次怀疑,这里是不是藏着什么鬼把戏。"

"鬼把戏?你具体指什么?"

"嗯,说得直白点,给人下毒。"

"某种药品之类的?"

"是的。很有可能。在食物或饮品中放一些能导致……我该怎么说呢……让人变得温柔易驯服的药物?"

"但是,真的有这种药物吗?"

"哦,这个真的不在我的研究范围。我知道有药物能使人镇定,在手术前服用可以让患者听话。但是否有一种药物能长期定量服用,同时不会降低工作效率,我就不了解了。现在我更倾向于他们采用的是通过控制思想来驯服人们的方式。我的意思是,我认为这里的行政人员和管理人员是催眠和心理学方面的专家,他们在不知不觉中向我们灌输这里的生活很幸福,要为了终极目标——先不管那是什么——竭尽全力的思想,而这一切产生了非常好的效果。用这种手段可以干很多事,你知道的,尤其是对精通此道的人来说。"

"但我们不能就这样接受了啊。"希拉里生气地吼道,"我们绝对不能产生待在这里也不错的想法,一刻也不行。"

"你丈夫他怎么想?"

"汤姆?我……哦,我不知道。这很难讲。我……"她陷入了沉默。

她不能把她所体验的离奇经历告诉这个男人。十天了,她一直和一个陌生男人住在一起。他们睡在同一个房间,夜里她醒时就能听到从另一张床上传来的呼吸声。他们两人都接受了这个安排。她假冒妻子,实则是个间谍,随时准备着换一个身份,扮演另一个人。坦白来说,她完全不了解汤姆·贝特顿。在她看来他就是一个典型案例，一个才华横溢的年轻人在令人沮丧的组织氛围中熬过几个月后的样子。不过无论怎样，他并不愿安然接受这一命运，在这里，他不但无法享受工作，反而因不能集中精力而日渐担忧。这十天里他又重复过一两次第一晚说过的话。

"我无法思考。好像我身体里的一切都枯竭了。"

是的，她想，汤姆·贝特顿是一个名副其实的天才，自由对他来说高于一切。因此思想控制对他来说不管用，无法弥补失去自由的痛苦。只有真正的自由才能让他做出创造性的工作。

她又想，他是个男人，一个濒临崩溃的男人。他对希拉里毫不关心，不当她是女人，也不是朋友。她甚至怀疑他是否真正意识到了妻子的死亡，并为此感到痛苦。目前他的大脑已被囚禁这个问题占据。他一遍又一遍地说："我一定要逃离这里。必须，必须。"

有时候又会说："我不知道。不知道事情会变成什么样。要怎样才能离开这里呢？要怎样？我必须出去。我就是要出去。"

这与彼得斯所说的话在本质上是一样的，只是表达方式有很大不同。彼得斯就像一个充满活力、因理想破灭而愤怒的年轻人。他自信满满，决心要与他所在的这个组织斗智斗勇。而汤姆·贝特顿的说法就像是一个马上要被吊死的人，近乎疯狂地想逃脱。但是，希拉里猛然想到，或许她和彼得斯在这里待上六个月后也会这样。可能最初怀有的强烈反抗精神和对于自身能力的合理自信，最终都会变为像落入陷阱的老鼠一样的绝望。

她多想对身旁的这个男人吐露一切。如果能，她会这么说："汤姆·贝特顿不是我丈夫，我对他一无所知。我不知道他到这里之前什么样，因此帮不到他，不知道要做些什么、说什么。"然而，此时她只能小心谨慎地选择措辞，说："现在的汤姆对我来说就像个陌生人,他什么事也不告诉我。有时候我在想,被关在这里,像个囚犯一般的感觉,就要把他逼疯了。"

"很有可能。"彼得斯无力地说,"很可能发生这样的情况。"

"告诉我,你如此自信地说要离开这里。可我们要怎么离开?真的有机会吗?"

"奥利芙,我们不可能明天或后天就直接从这里走出去,整件事要经过再三思考和缜密计划。但是,你知道的,即便在最没有希望的条件下,还是有人能成功逃脱。我们国家和大西洋彼岸的你们国家的人,都写过很多从德国人的铁壁中逃脱的书。"

"这两者可完全不同。"

"本质上没什么不同。只要有路进来,就有路能出去。当然,挖地道在这里不适用,类似的很多办法也就随之排除了。但正如我所说,有路进来的地方就有路出去。通过好点子、伪装、掩饰、骗术或贿赂,总能成功的。我们需要学习和思考的是这些方面。告诉你吧,我会离开这里的。走着瞧。"

"我相信你会的。"希拉里说道,接着又补充了一句,"但是我能吗?"

"哦,你的情况有些不同。"

他的声音听上去有些尴尬,她一时没弄懂他的意思。接着她意识到他可能以为她已经达到目的了,她来这里是为了和爱人团聚,与之相比,自身想逃跑的愿望就没那么强烈了。她差点儿就把真相告诉彼得斯了,但谨慎的本性让她没有说出口。

她道了声晚安,离开了屋顶花园。

第十六章

1

"晚上好啊,贝特顿太太。"

"晚上好,詹森小姐。"

这位戴着眼镜的瘦削姑娘看上去很激动,她的眼睛在厚镜片后闪闪发光。

"今晚有一场聚会,"她说,"院长也会来!"几乎是压着嗓子在说话。

"好极了。"站在附近的安迪·彼得斯说,"我一直等着一睹院长的风采。"

詹森小姐又惊讶又责备地看了他一眼。

"院长先生,"她严肃地说,"是个伟大的人。"

当她沿着白色走廊远远走开后,安迪·彼得斯轻轻吹了声口哨。

"我刚才好像听到了'希特勒万岁',是我听错了吗?"

"确实很像。"

"人生的不幸在于,你永远不会知道接下来会遇见什么。如果在我怀着天真和赤诚离开美国，去追寻四海之内皆兄弟的世界时，能预先知道进入的会是另一个天生独裁者的魔爪……"他摊开双手，没有说完这句话。

"你还没见过他呢。"希拉里提醒道。

"我能嗅到，就在空气里。"彼得斯说。

"啊，"希拉里喊道，"真高兴有你在！"

彼得斯迷惑不解地望向她，希拉里脸红了，她真诚地说："您是如此善良，又是如此正常。"

彼得斯似乎被她逗乐了。

"在我们国家，"他说，"正常这个词可不是你所说的那个意思。它表示平庸、无趣。"

"你知道我不是那个意思。我是指你和其他人一样。哦，天哪，这听起来更粗鲁无礼了。"

"正常人，你想找个正常人？你已经受够天才了，对吗？"

"是的。但你也变了，来到这里之后。你失去了那种痛苦——因恨意而生的痛苦。"

突然，他的脸色严峻了起来。

"外表看到的不重要，"他说，"它仍然存在——在我内心深处。我仍然感到仇恨。相信我，这里的有些事情值得被憎恨。"

2

詹森小姐所说的那个聚会，安排在晚餐之后。组织里的所有成员都在一个大讲堂集合，但不包括所谓的"技术人员"：实验室助理、芭蕾舞演员、各种服务员，以及为那些妻子没有跟来，也没跟女科学家住在一起的男人提供性服务的妓女。

希拉里坐在贝特顿旁边，急切而好奇地等待着那位神话人物——院长——出现在讲台上。她问过汤姆·贝特顿这个掌管组织的男人长什么样，但他没说什么，只是含含糊糊地说："看上去没什么特别的，但他拥有巨大的影响力。事实上我只见过他两次，他不经常出现。当然了，他是个大人物，大家都这么觉得，但老实说，我不知道为什么大家会这么觉得。"

根据詹森小姐和其他女人谈论他时表现出的崇拜态度，希拉里脑中形成的是一个留着金色胡须、穿白色长袍的高大男人形象——犹如上帝一般。

当下面的观众们全都站起身，看着一位皮肤黝黑、相当健壮的中年男人安静地走上讲台时，希拉里感到大为惊愕。他的外表相当平凡，像英格兰中部工业区的商人。很难判断他的国籍。他讲话时用三种语言，自然交替，从不重复说过的话。他的法语、德语和英语都说得相当流利。

他说："首先，欢迎加入我们的新同事。"

接着他对每位新来的成员都简单说了几句。

然后他说起组织的目标和信条。

事后希拉里试图回忆他说过的话，却发现没办法准确地复述。印象中只是一些陈词滥调，但当时听来，感觉完全不同。

希拉里记起一位朋友讲过的故事。那个朋友战前在德国住了一段时间，有一次，她纯粹出于好奇，参加了一场"疯狂希特勒"的演讲会，结果她发现自己在现场大哭起来，情绪激动得无法自持。她说当时听起来每一个字眼都那么睿智、鼓舞人心，但之后回想，似乎都是老生常谈。

和眼下正发生的一样，希拉里已不自觉地被调动了情绪。院长的讲话非常简洁，他主要在谈年轻人，人类的未来要靠年轻人。

"累积的财富、声誉、家族影响力,这些都是过去的力量。今日,力量掌握在年轻人手中。力量源于智慧。化学家、物理学家、医生们的智慧……来自实验室的能量能摧毁很多东西。拥有这种力量,就可以说'屈服,否则你就会被毁灭!'。这种力量不能由某个国家掌控,而应该掌握在创造者的手中。这个组织就是聚集全世界的力量的地方。你们从世界各地来到这里,带来了你们具有创造力的科学知识。还带来了你们的青春年华!这里没有年龄在四十五岁以上的人。等那一天到来的时候,我们要创造一个托拉斯①,科学界的智慧托拉斯。然后由我们管理世界事务,由我们向资本家、皇族、军队和实业家发出命令。我们要为世界带来一次技术革命。"

他还说了很多,全是些使人迷醉的词,但不是这些语言,而是演讲者本身的能量,把本来冷峻而持批判态度的听众鼓动了起来,挑起了他们心中莫名的情绪。

最后,院长高呼:"勇气和胜利!晚安!"结束了这次演讲。

希拉里带着一种如梦似幻的感觉跟跟跄跄地离开了大厅,留意到其他人脸上也是同样的神情。她看到埃里克森尤其激动,他的眼眸闪着光,脑袋兴奋地后仰。

接着,她感受到安迪·彼得斯的手触碰了一下她的手臂,他对她耳语道:"去屋顶花园吧,我们需要一些新鲜空气。"

他们一起坐电梯上楼,在繁星之下漫步于棕榈树间,一路无言。

直到彼得斯深吸一口气,说:"哦,这才是我们所需要的。让风吹散这虚荣的云雾吧。"

---

① 垄断组织的高级形式之一。

希拉里深深地叹了口气,她还是觉得一切都很不真实。

彼得斯友好地晃了晃她的胳膊。

"振作起来,奥利芙。"

"虚荣的云雾,"希拉里说道,"你说得对——确实如此!"

"振作起来,听着,像个女人!回到现实中来!等这虚荣的毒雾散去,你会意识到听到的那些都是老一套。"

"但是很美好……我的意思是,那是一个美好的愿景。"

"无用的愿景。直面现实吧。青春和智慧——哈利路亚!哪有什么青春、什么智慧?海尔格·尼达姆,一个无情的利己主义者;托基尔·埃里克森,一个不切实际的幻想家;巴伦博士,可以为了实验仪器把祖母送进屠宰场的人。我呢,一个普通人,正如你所说,只擅长摆弄试管和显微镜。我甚至连一个办公室都管理不好,更别说管理世界了!再说说你丈夫——是的,我要说说他,神经紧张到整日什么都不想,就知道担心会受到惩罚。我说的这些都是你熟悉的,不过这里的人都这样,至少我遇到的都这样。他们中有些确实是天才,在自己的领域做得极为出色,但要说管理整个世界,该死,别逗我了!全是险恶的谎言,刚才我们听到的都是险恶的谎言。"

希拉里坐在水泥栏杆上,伸出一只手覆在前额。

"是的,"她说,"我想你说得对……但虚荣的云雾还在我眼前飘着。他是如何做到的呢?他自己相信那一套吗?哦,他一定相信。"

彼得斯忧郁地说:"我认为,事情的本质是相似的。他就是一个相信自己是上帝的疯子。"

希拉里缓缓说道:"我也这么觉得。但是……还是不太令人信服。"

"亲爱的,它就这样发生了,并且不断重演。有人就相信了,今晚我都差点儿相信了。要不是我邀你一起上来,想必你也要相信了……"突然,他的神色一变,"可能我不该这么做。贝特顿会怎么想呢?他肯定觉得这很古怪。"

"我不这么认为。我甚至怀疑他是否注意到了。"

彼得斯疑惑不解地望着她。

"抱歉,奥利芙。看着他那么消沉,你一定很忧心。"

希拉里激动地说:"我们必须离开这里。必须。一定。"

"我们会的。"

"你之前也这么说过,但一直没什么进展。"

"哦不,有进展。我可没偷懒。"

她惊讶地看着他。

"没有具体的计划,但我已经在做一些事了。这里已积攒了很多不满情绪,比我们上帝一般的院长先生知道的要多得多。特别是组织里地位较低的人。食物、金钱、奢侈品和女人并不是一切,你懂的。我会带你离开这里的,奥利芙。"

"还有汤姆?"

彼得斯的脸色沉了下去。

"听着,奥利芙,听我说,汤姆最好还是待在这里。他……"彼得斯有些迟疑,"待在这里比在外面要安全得多。"

"安全?这太奇怪了。"

"安全,"彼得斯说,"我特意选了这个词。"

希拉里皱起眉。

"我实在不明白你在说什么。汤姆他——你不认为他都快神智不正常了吗?"

"一点也不。他只是过度紧张。要我说,汤姆·贝特顿和你我一样清醒。"

"可为什么你说他待在这里要安全得多？"

彼得斯缓慢地说道："你知道的，待在笼子里，是非常安全的。"

"哦不！"希拉里叫道，"别告诉我你也相信那一套。别跟我说什么集体催眠，还是其他什么名词，别跟我说你也被控制了。安全、顺从、满足！我们必须反抗！我们必须寻得自由！"

彼得斯慢慢地说："是的，我知道。但是——"

"无论如何，汤姆他迫切地想离开这里。"

"汤姆可能并不知道什么是对他好的。"

忽然，希拉里想起汤姆曾给过她的暗示。如果他泄露了信息，她想，出去后就会受到惩罚，根据《政府保密法》遭到起诉。毫无疑问，这正是彼得斯此时以这样一种羞辱人的方式对她做出的暗示。但希拉里已下定决心。比起待在这里，出去坐牢也没什么。

她坚持道："汤姆必须一起走。"

彼得斯再开口时，那刻薄的语调把她吓到了。

"如您所愿。至少我警告过你了。见鬼，真不知道你为什么如此关心那个家伙！"

她难过地望向他。有话想说，却又被她咽下。她发现自己想对他说："我一点都不关心他，他对我来说无足轻重。他是另一个女人的丈夫，我只是想对她负责而已。"她还想说："你真是傻瓜，如果真有这么一个人让我牵挂，那就是你……"

* * *

3

"你挺喜欢跟那个温和的美国人在一起的啊?"

希拉里刚踏进卧室,汤姆·贝特顿就抛来了这句话。他正躺在自己的床上吸烟。

希拉里的脸微微泛红。

"我们一起来的,"她说,"而且对一些事情的看法很相似。"

他笑了起来。

"啊!我不是在怪你。"他用一种从未有过的赞赏眼光看着她,说道,"你很漂亮,奥利芙。"

一开始希拉里就要求他以妻子的名字称呼自己。

"是的。"他上下打量着她,继续说道,"你是个很美丽的女人。我以前就注意到了,但即便如此,我依旧对你提不起什么兴致。"

"或许这样更好。"希拉里冷冷地说。

"亲爱的,我是个正常男人,或者应该说我曾经是。天知道我现在成了什么样。"

希拉里坐在他身旁,问道:"汤姆,你怎么了?"

"我告诉过你,我不能集中精力。作为一个科学家,我彻底毁了。这个地方……"

"为什么其他人,或者说大多数,没像你这样?"

"我想那是因为他们都是该死的迟钝平庸的人。"

"有些人还是足够敏感的。"希拉里冷冷地说,"你在这里有朋友吗,一个真正的朋友?"

"嗯,我有莫奇森。虽然他是个迟钝的走狗。最近我常跟托基尔·埃里克森一起。"

"真的吗?"不知为何,希拉里感到有些吃惊。

"是的。我的上帝,他聪明绝顶。真希望我有他那样的脑子。"

"他很古怪。"希拉里说,"我总被他吓到。"

"被他吓到?托基尔?他温和得像牛奶,在某些方面像个小孩,对世界的章法一无所知。"

"但我还是觉得他很可怕。"希拉里固执地重复道。

"你的神经一定也不是很好了。"

"没有,不过我怀疑以后会的。汤姆……请别跟托基尔·埃里克森走得太近。"

他盯着她。

"为什么?"

"我不知道。我只是有种感觉。"

第十七章

1

勒布朗耸耸肩。

"他们一定是离开非洲了。"

"不一定。"

"就目前来看只有这一种可能。"法国人摇摇头,"而且我们知道他们要去哪儿,不是吗?"

"如果他们要去那儿,为什么从非洲启程?从欧洲的任何一个地方出发都要更方便一些,不是吗?"

"确实。但反过来考虑,也就意味着没人料想到他们会从那里启程。"

"我仍旧认为事情远比这要复杂。"杰索普礼貌地坚持着,"除此之外,只有小型飞机才能在那个机场起飞,那么穿越地中海之前就必须着陆加油。加油的地方肯定会留下痕迹的。"

"亲爱的,我们进行了最仔细的调查,到处都去看了……"

"盖革计数器①会帮我们发现线索的。就那么几架飞机,只

---

① 盖革计数器,用于测量放射性。

要有那么一丁点儿放射性物质的痕迹,我们就能找到那架飞机了——"

"如果您的属下成功使用了喷雾。老天啊!干什么都有那么多'如果'……"

"我们会找到线索的。"杰索普坚持着,"我认为……"

"什么?"

"我们一直认为他们是往北部飞,也就是地中海。但会不会他们是往南部飞呢?"

"顺着来时的路飞吗?但他们这样能去哪儿?再往南就是阿特拉斯山脉了,然后就是沙漠地带。"

2

"您能发誓答应我的事一定会办到吗?给我一个加油站,在美国的芝加哥?真的吗?"

"我发誓,穆罕默德,如果我们能离开这里。"

"成功与否要看真主安拉的意志。"

"那就让我们祈祷吧,你能不能在芝加哥拥有一个加油站,也要看真主安拉的意志了。为什么选芝加哥呢?"

"我妻子的兄弟在美国芝加哥有个加油站。我为什么要待在全世界最落后的地区啊?这里确实有钱,我吃得饱穿得暖还不缺女人。但这里不够现代化。这里不是美国。"

彼得斯若有所思地看着这张面色庄严的黑色脸庞。穿着白色长袍的穆罕默德看上去颇为肃穆,但人类的心中都会怀有奇怪的欲望。

"我不知道你这个想法是否明智。"他叹了口气,"但我会说话算话的。当然，如果我们被人发现的话……"

黝黑的脸上泛起笑容，露出了美丽洁白的牙齿。

"就死定了——至少对我而言是这样的。可能您还不至于，因为您还有价值。"

"在这里，要弄死一个人是很容易的，对吗？"

穆罕默德耸耸肩，轻蔑地说："处死？死亡也要看真主安拉的意志。"

"你知道要做些什么吧？"

"知道。天黑以后我要把您带到屋顶去，还要在您的屋子里放一套仆人穿的衣服，像我身上这样的。然后……再做其他事。"

"没错。现在，你最好让我出电梯，可能会有人留意到我一直上上下下的，没准儿会起疑。"

3

舞会还在进行着。安迪·彼得斯正与詹森小姐共舞，他紧紧搂住她，在她耳边低声耳语。当他们缓慢地转到希拉里身边时，彼得斯迎向希拉里的目光，并向她调皮地眨了眨眼。

希拉里抿起嘴忍住笑意，迅速将目光转向别处。

她的目光落在了房间的另一侧，贝特顿正和托基尔·埃里克森聊着。她不由得微微皱起了眉头。

"奥利芙，能否赏脸跟我跳一曲？"莫奇森的声音响起。

"哦，当然了，西蒙。"

"先道个歉，我跳得不太好。"他提醒道。

希拉里小心着尽量避免让莫奇森踩到脚。

"在我看来，这也是一种运动。"莫奇森微微有些气喘，他的舞步很有活力,"你的连衣裙真是美极了,奥利芙。"他总会说些古典小说里才会有的台词。

"我很高兴你喜欢。"希拉里说。

"是从时装部挑的吗?"

希拉里本来想回敬他一句:"不然还能在哪儿?"但她只是应了声"是的"。

"我还是得说,你看,"莫奇森重重地跺着脚,喘着粗气说,"在这里,他们待我们不错。我前几天也跟比安卡说,这里的方方面面都比高福利国家还要好很多。不用担心钱的问题,没有所得税,修理费维护费之类的也不用操心。所有麻烦事都替你解决了。我说,对女人来说,这里的生活多美好啊!"

"比安卡也赞同,是吗?"

"哦,她其实有些不安,不过最近她组建了几个委员会,还组织了一两次活动,辩论会和讲座,你知道的。她抱怨说你不怎么参加活动。"

"很抱歉,这是我的问题,西蒙,我不是那种热心公共事务的人。"

"是的,但你们这些姑娘应当想方设法找点乐趣。我不是仅指娱乐……"

"去把时间占满?"希拉里应道。

"是的……我的意思是,现代女性需要去做一些事情。我非常理解,像你和比安卡这样的女性,来到这里确实是做出了巨大的牺牲。不过谢天谢地,你们都不是科学家!真的,那些女科学家!我知道我不该以偏概全,但她们大多让人忍无可忍!我对比安卡说:'给奥利芙点时间,她会适应的。'适应这里确实需要花些时间。一开始人们总会有一种类似幽闭恐惧感。但这种感觉会消失的,会消失的……"

"你的意思是……人可以适应一切?"

"嗯,虽然有些人会困难一些。最近汤姆看起来就不太好。今晚老汤姆在哪儿呢?哦,我看到他了,在跟托基尔聊天呢。真是难舍难分啊,这两个人。"

"我真希望他们不要这么难舍难分。我的意思是,我不认为他们之间有什么共同之处。"

"年轻的托基尔似乎被您的丈夫吸引住了,到哪儿都跟着他。"

"我也发现了。只是……我不知道为什么?"

"哦,他总有一些奇怪的理论想与人讨论,我想我有些跟不上他的思路。而且他的英文说得不怎么好,您知道的。但是汤姆能认真地听,还会努力去理解。"

一曲结束。安迪·彼得斯走了过来,邀请希拉里跳下一曲。

"我看到你遭了不少罪。脚被踩得不轻吧?"他说。

"哦,我可是灵活得很。"

"你留意到我的行动了吧?"

"跟詹森小姐跳舞吗?"

"是的。我想我能毫不谦虚地说,我放下了诱饵,而那个诱饵肯定能有所收获。只要稍微用点手段,那些相貌平平、目光短浅的姑娘就会上钩。"

"你让她认为你迷上她了。"

"是这样的。那个姑娘,奥利芙,好好利用,会有很大用处。她清楚这里所有的安排。比如明天会举办一场聚会,参加者都是重要人士。博士、政府官员,以及一两位富有的赞助人。"

"安迪……你是想说这是一次机会?"

"不、不，我相信到时会加强安保的，所以不要有什么不切实际的幻想。但经历了这次聚会，我们就知道这里的聚会都是怎么安排举办的了。那么，下一次再有聚会……就可以做点什么了。只要我掌控了詹森，就能从她那里得到多方面的情报。"

"那些将要来这里的人，对这里的情况知道多少？"

"据我所知，关于我们——我的意思是这个组织，他们一无所知。他们只是来视察一下，看看医学实验室。这个地方故意修得犹如一个大迷宫，这样一来，来这里的人就无从知晓其中的实情。我猜测，有道隔墙把我们这个部分隔离了。"

"这简直难以想象。"

"是的。所以人们总觉得一半时间像在梦中。这里还有一件不真实的事情，那就是没孩子。谢天谢地，这里没有孩子。你肯定也很感谢上苍，你没有孩子。"

彼得斯意识到希拉里的身体挺直了。

"哦……对不起，我说错话了！"他带她走出舞池，找到两把椅子。

"我很抱歉，"他重复道，"我让你不高兴了，是吗？"

"没什么……不，这真的不是你的错。我有过一个孩子……但她死了，就是这样。"

"你有过孩子？"他十分惊讶，"你和贝特顿不是刚结婚六个月吗？"

奥利芙脸红了，她迅速应道："是的，没错。但是我……之前结过婚。我跟第一任丈夫离婚了。"

"啊，我明白了。这正是这个地方最糟的，没人知道你来这里之前的经历，于是人们总会讲错话、做错事。我竟对你一无所知，这让我很不舒服。"

"我也对你一无所知。你是在怎样的环境里长大的……你的家在哪里……"

"我成长于一个纯粹的科学家庭。你可以说,我是在试管里长大的。周围没人想别的事。但我不是家里最聪明的,家里另有天才。"

"谁呢?"

"一个小女孩。她很聪明,本来可能成为第二个居里夫人,开拓出新的视野。"

"她……怎么了?"

他简短地说:"被杀了。"

希拉里猜想可能是战时发生的悲剧。她温柔地说:"你很在意她?"

"我从没那么在意过一个人。"他猛然起身,道,"说这些又有什么用!我们现在的麻烦事已经够多了,这里,现在。看看那个挪威朋友,不看眼睛,你会以为他整个人是木头做的。还有他那僵硬地点头的样子,就好像有人在他背后扯着线一般。"

"那是因为他又瘦又高。"

"也没有那么高。跟我差不多,五英尺十一英寸或六英尺,不会再多了。"

"身高具有欺骗性。"

"是的,就像护照上的描述一样。比如埃里克森,六英尺高,金发,蓝色眼睛,长脸,举止古板,普通的鼻子,普通的嘴唇。就算再加上护照上不会注明的说话时用词精准但过于学究气,你仍旧不知道托基尔·埃里克森到底长什么样。你怎么了?"

"没事。"

她注视着站在屋子另一侧的埃里克森。刚才的描述说的就像是鲍里斯·克莱德尔！跟她在杰索普那里听到的形容词一模一样。这就是她看到托基尔·埃里克森时总是感到紧张不安的原因吗？有没有可能……

她突然打断彼得斯，说："我们都认为他是埃里克森，但他有没有可能是别的什么人？"

彼得斯惊呆了。

"别的什么人？谁？"

"我的意思是……我在想……有没有可能是有人假扮成埃里克森，为了来到这里？"

彼得斯思考着。

"我觉得不会……不，我认为这没有可能。要伪装，那个人必须是位科学家……而且埃里克森是个名人。"

"但这里的人似乎都没见过他。或者，他就是埃里克森，但他也扮成别的什么人。"

"你的意思是埃里克森过着双重生活？我想这倒是有可能，但可能性不大。"

"嗯。"希拉里说，"确实，这不太可能。"

埃里克森当然不是鲍里斯·格莱德尔。但为什么奥利芙·贝特顿那么坚定地想提醒汤姆提防鲍里斯呢？是不是因为她知道鲍里斯会通过某种方式来到这个组织？假如跑去伦敦自称为鲍里斯的男子并不是真的鲍里斯呢？假如他就是托基尔·埃里克森呢？两人外形相符，而且自从他来到组织，就对汤姆十分在意。她很确定，埃里克森是一位危险人物，你不知道他那迷离的浅色眼眸中藏着什么……

希拉里哆嗦了一下。

"奥利芙……你没事吧？怎么了？"

"没事。看，副院长好像有事要宣布。"

尼尔森博士举起手示意大家安静。他站在大厅的讲台上，通过扩音器开始讲话。

"朋友们，同事们，明天你们要去侧面的安全厅，请于上午十一点之前集合。我们会点名。这次紧急状况将持续二十四小时，带来的不便，我深表歉意。通知已经张贴在布告栏中了。"

他露出微笑。音乐继续。

"我要继续去追求詹森小姐了。"彼得斯说，"我看到她正表情急切地倚着柱子。我想搞清楚安全厅的构造。"

他离开了。希拉里坐下来陷入深思。我是个耽于幻想的傻瓜吗？托基尔·埃里克森？鲍里斯·克莱德尔？

4

大家在大演讲室里集合，点名。没人缺席。接着排成队出发了。

跟往常一样，要穿过曲折如迷宫般的走廊。希拉里走在彼得斯旁边，知道他手里攥着个小型指南针。通过它，他可以判断出方向。

"不管用。"他压低声音失望地说，"不过可能只是这次没用，之后不知什么时候会有用的。"

走廊的尽头有一扇打开的门，大家暂且停住了脚步。

彼得斯拿出烟盒，但马上被范·海德姆提醒说："请不要吸烟。之前已经通知过各位了。"

"抱歉，先生。"

彼得斯把烟盒攥在手里。接着众人再次出发。

"就像羊群。"希拉里厌恶地说。

"打起精神来。"彼得斯嘟囔道,"咩,咩,羊群里有一头黑羊,正想着什么鬼把戏。"

希拉里向他投去感激的目光,笑了起来。

"女宿舍在右边。"詹森小姐说。

她领着女人们走向那边。

男人们排队走向左侧。

宿舍很宽敞,很干净,就像医院里的病房一样。床靠墙排列,床之间有塑料帘子隔着,每张床旁边都有个床头柜。

"这里的设施很简单,"詹森小姐说,"但应有尽有。浴室在穿过房间的左侧、集体活动室在走廊那头。"

集体活动室就像机场候机室一样简陋。一侧有个吧台和零食台,另一侧是一排书架。

这一天过得不错。一部手提放映机放映了两部电影。

日光灯很亮,让人忘记了屋子里没有窗户。傍晚时又换了一套灯具——适宜夜晚的柔和灯光。

"真高明,"彼得斯赞赏地说,"这里的一切都在帮助人们缓解幽闭恐惧症。"

我们是如此无助,希拉里想。就在某处,离他们很近的地方,有一群从外面来的人,我们却没有办法与他们取得联系、寻求帮助。如往常一样,一切都无情却妥帖得安排好了。

彼得斯跟詹森小姐坐在一起。希拉里建议和莫奇森夫妇一起打桥牌,但汤姆·贝特顿拒绝了,他说他集中不了注意力。最终巴伦博士参加了。

奇怪的是,希拉里发觉自己打牌打得很开心。打完第三局时已经十一点半了,她和巴伦博士是赢家。

"真开心。"她说,看了看表,"很晚了。我想那些贵宾该离开了吧,还是说他们要在这儿过夜?"

"不太清楚。"西蒙·莫奇森说,"我想有一两位专科医生是要过夜的。不过最晚明天中午他们就会离开。"

"那时我们才能回去吗?"

"是的。差不多那个时候吧。这破事打乱了我的作息。"

"但这里还不错啊。"比安卡赞赏地说。

她和希拉里站起来,跟两个男人道了晚安。希拉里退了一步,让比安卡先进灯光昏暗的宿舍。接着她正要进屋时,感觉到有人轻轻碰了一下她的胳膊。

她猛地回头,看到一个高大的黑脸仆人。

他声音很低却语调急切,说的是法语。

"夫人,请您过来。"

"过来?去哪儿?"

"请您跟我来。"

希拉里迟疑了一下。

比安卡已经进宿舍了。集体活动室里还有几个人,三三两两地聊着天。

她再次感到胳膊被轻轻地触碰了一下。

"夫人,请跟我来。"

他转身走了几步,停下来转过头,向她招手。希拉里怀着一丝疑惑跟上了他。

她注意到这个男人的衣服要比大多数当地仆人的华贵。他的袍子上有金线绣的大量纹饰。

他带着她穿过活动室角落的一扇小门,接着又沿着那条必经的白色走廊走。她觉得这条路不是早晨来时走的那条,但也很难说，因为这里的路看上去都差不多。她曾试图提个问题，但向导不耐烦地摇摇头，急匆匆地往前赶。

最终，他停在走廊尽头，按了墙上的一个按钮。一扇滑动门开了，里面有个小电梯。他示意她进去，然后跟着也进去了。电梯向上升。

希拉里尖叫道："你要把我带到哪儿去？"

男人黑色的眼眸里带着责备的神色。

"去见我的主人，夫人。对您来说这是莫大的荣誉。"

"你的意思是去见院长？"

电梯停下了。他拉开门，让她出去。接着他们又走过一条走廊，来到一扇门前。向导敲敲门，有人从里面开了门。门里又是一个穿白色长袍的仆人，长袍上绣着金线，黑脸上毫无表情。

这个男人带着希拉里穿过铺有红地毯的狭小前厅，拉开内侧的门帘。希拉里走了进去。她惊讶地发现自己身处一间中式内室，陈设有低矮的沙发、咖啡桌，墙上挂着两张美丽的壁毯。矮小的沙发椅上坐着的人让她大为震惊。身材矮小、皮肤发黄、皱纹满脸、年迈不堪——她难以置信地盯着阿里斯提德先生略带笑意的眼眸。

第十八章

"亲爱的夫人,请坐。"阿里斯提德先生说。

他挥动着爪子一般的小手,希拉里觉得自己像在梦中。她坐到他对面的沙发上,老人发出温和的咯咯笑声。

"您被吓到了。"他说,"您从没料想过,嗯?"

"是的,确实。"希拉里说道,"我从没想过……做梦都没想到……"

但她的惊讶之情已经平息下来了。

阿里斯提德先生的出现,打断了她过去这几周一直置身其中的那个脱离现实的梦。现在她清楚地认识到组织的不真实——因为那里就是假的,与表面所呈现的完全不同。院长先生那蛊惑性的声音也不真实,他只不过是个用来掩盖事实的傀儡。真相在这间隐秘的中式房间里。一个小老头坐在那儿,平静地笑着。阿里斯提德先生是这整件事的中心的话,一切就都解释得通了:严酷、实际、思想灌输。

"现在我明白了。"希拉里说,"这里……是属于您的,对吗?"

"是的,夫人。"

"那么那个院长呢?那个所谓院长?"

"他做得不错。"阿里斯提德先生赞赏地说,"我付给他很高的工资。他过去是主持复兴派教会会议的。"

他抽着烟沉默了一会儿。希拉里也没有开口说话。

"那边有土耳其软糖,夫人,不喜欢的话还有其他甜点。"接着又是一阵沉默。随后他开口说道:"我是个慈善家,夫人。您知道的,我很有钱,是世界上最富有的那批人中的一个——甚至很有可能是当今最富有的。拥有这样的财富,我感到自己有义务为人类谋福祉。我在这个偏远的地方修建了一座麻风病院,并聚集大量专业人才对麻风病进行研究。有几种麻风病是可以被治愈的,其他的,迄今为止,还没有什么疗效。但我们一直在不懈地工作,也取得了很多成果。麻风病其实不那么容易传染。它的感染率和传染性跟天花、斑疹伤寒、鼠疫等疾病相比要小得多。虽然如此,可如果你说这里是'麻风病隔离区',人们还是会吓得哆嗦,远远避开。这是一种古老的恐惧感,一种我们能在《圣经》上找到的恐惧感,这种恐惧感一直流传至今。对于麻风病的恐惧促使我建了这个地方。"

"您是出于这个原因而修建了这个地方?"

"是的。这里还有一个癌症研究中心,我们在结核病方面也取得了重大进展,还有病毒研究——你可听好了,是出于治病目的,我可没提生化武器。我只做人道的、受人尊敬的以及能获得回报的领域。不时有知名内科医生、外科医生和化学家来这里观摩成果,就像今天这样。这个建筑是经过精心设计的,其中的一部分可完全隔离,甚至从上空俯瞰都看不到。岩层里还有更多保密性极高的实验室。不管怎样,肯定不会怀疑到我头上。"他笑了,接着补充道,"因为您知道的,我太富有了。"

"但是为什么?"希拉里问道,"您为什么如此迫切地想去破坏一切呢?"

"夫人,我不是想破坏什么。您误解我了。"

"可是……我想我没明白。"

"我是个商人,"阿里斯提德先生简洁地说,"也是个收藏家。财富过于充裕的时候,我就专注在收藏上。我这一生有很多藏品。名画,我拥有欧洲最珍贵的画作。还有几种陶器。集邮,我在集邮领域可名声在外。一种东西收藏够了,我就会想着下一种。我已经很老了,夫人,没什么东西供我收藏了。所以我决定收藏智力。"

"智力?"希拉里问道。

他轻轻点头。

"是的,这是所有藏品中最有意思的东西。夫人,我要一点一点把全世界的智慧都收藏于此。就是那些年轻人,我召集来的年轻人。他们有前途,会有成就。终有一日,陈腐的国家会醒悟,发觉他们的科学家都已老迈不堪,而世界上最年轻的聪明大脑、医生、化学家、物理学家,都掌握在我的手中。如果他们需要一个科学家,一个整形医生,或者一位生物学家,就要来我这里购买。"

"您的意思是……"希拉里身子前倾,盯着老人,"您的意思是这不过是一次大型商业运作。"

阿里斯提德先生再次温和地点点头。

"是的。"他说,"没错。否则……我做这些事是为了什么呢?"

希拉里深深地叹了口气。

"是啊。"她说,"我就是一直想不明白为什么。"

"您看,"阿里斯提德先生近乎抱歉地说,"毕竟我是个资本家，这是我的职业。"

"您的意思是说，这里的一切都完全没有政治色彩？您并不想掌控全世界——"

老人抬手打断了希拉里。

"我不想成为上帝。"他说，"我是个有信仰的人。当上帝是独裁者的通病，至少目前我还没染上这个毛病。"他思考了片刻，说，"可能会。是的，将来可能会染上……但万幸的是现在还没有。"

"但您是怎么把这些人搞到这里来的？"

"我把他们买来了，夫人。像在自由市场买东西一样。有时候我用钱买他们，更多时候是用理念买他们。年轻人都是幻想家，他们有愿景，有信仰。有时候我用安全感买他们——对那些犯了罪的人而言。"

"这就解释得通了。"希拉里说，"我的意思是，解答了我这一路一直迷惑不解的事。"

"啊！您在旅途中一直在想这个？"

"是的。大家的目标各不相同。安迪·彼得斯，那个美国人，看上去完全是个左派。但埃里克森是一个相信超人的幻想狂。海尔格·尼达姆是一个非常傲慢的无信仰法西斯主义者。巴伦博士……"她迟疑了。

"是的，他来这里是为了钱。"阿里斯提德先生说道，"巴伦博士是个文明开化、愤世嫉俗的人。他不爱幻想，但对工作怀有真挚的热爱。他需要无穷无尽的金钱，好买设备进一步开展研究工作。"他又补充道，"您聪明极了，夫人。我在菲斯一眼就看出来了。"

他发出轻轻的咯咯笑声。

"夫人,您不知道,我去菲斯就是为了观察您——其实应该说是我把您带到菲斯的,以便能观察您。"

"我明白了。"希拉里说。

她留意到刚才那段话中的东方式措辞。

"我很高兴地得知您会来这里。因为这里没什么可以交谈的聪明人,如果您明白我的意思的话。"他做了个手势,"这些科学家、生物学家、化学家,都很无趣。他们在自己的领域可能是天才,但是与他们交谈无趣极了。"

他若有所思地补充道:"他们的妻子,同样呆板无聊。我们不鼓励妻子们来这里,我只在一种情况下允许妻子过来。"

"什么情况?"

阿里斯提德先生冷酷地说:"只有在丈夫因思念妻子而无法工作的时候。这种事很少发生,但您的丈夫汤姆·贝特顿就是这样。汤姆·贝特顿是一位全世界知名的青年才俊,但他在这里就只做了些二流的工作。是的,贝特顿让我深感失望。"

"但您不觉得会发生这样的事情完全不意外吗?毕竟那些人在这里就像被囚禁了一样。他们自然会反抗,至少在最初时段,不是吗?"

"是的。"阿里斯提德先生表示赞同,"这是自然而然且不可避免的。就像你第一次把一只鸟关在笼子里。但如果这只鸟所住的笼子足够大;如果你给它提供所需的一切:伴侣、食物、水、树枝,所有生活所需,它会忘记自己曾是自由的。"

希拉里微微战栗。

"您吓到我了。"她说,"您真的吓到我了。"

"您会慢慢了解很多事情的,夫人。我可以肯定地说,虽然那些带着不同理念来到这里的人一开始会感到幻灭,会想反抗,但最终他们会服从的。"

"您不能如此肯定。"希拉里说。

"没人能绝对肯定一件事,确实如您所说。但在这件事上,我有百分之九十五的把握。"

希拉里怀着一种恐惧的感觉看着他。

"可怕极了。"她说,"就像一个打字员集团!您在这里建立了一个智力集团。"

"没错。您的说法十分贴切,夫人。"

"您的计划是,有朝一日,高价出售这个集团里的科学家。"

"简单来说就是这样,大体的原则没错,夫人。"

"但您不能像外派一位打字员那样外派一位科学家。"

"为什么不能呢?"

"因为一旦您的科学家再次回到自由世界,他就会拒绝为新的雇主工作。他自由了。"

"您说到点子上了。或许需要设置个前提,您觉得呢?"

"前提……什么意思?"

"夫人,您听说过脑白质切除术吗?"

希拉里皱起了眉。

"是一种脑部手术,对吗?"

"是的,最开始是用来治疗抑郁症的。我跟你说话是不会用医学术语的,夫人,就用我们都能明白的词。手术之后病人就不会想自杀了,也不会再有罪恶感。他毫无烦忧,完全服从指令。"

"这项手术的成功率并非百分之百,对吗?"

"过去是这样,但是现在我们对这项手术的研究已经有了很大的进展。这里有三位外科医生:一位俄国人、一位法国人,还有一位奥地利人。经过几次精密的移植手术,对大脑的某些部位进行修改，病人就会渐渐进入温顺状态，并且可以在不影响智力的前提下控制他们。我们最终有可能让一个人完全服从，同时智力不受影响。他会接受任何建议。"

"但这多可怕啊！"希拉里惊呼道，"恐怖！"

他严肃地纠正她的说法。

"这很有用。从某些方面来讲甚至是有益的，能让那些病人变得快乐、满足，不再恐惧或不安。"

"我不认为这能实现。"希拉里反驳道。

"亲爱的夫人，原谅我，您在这个问题上没资格发言。"

"您什么意思？"希拉里问，"就因为我不相信一个自我满足、受人控制的动物可以做出真正充满智慧的创造性工作？"

阿里斯提德先生耸耸肩。

"可能吧。您很聪明。您说的可能有一定的道理，但是时间会证明一切。实验一直在进行着。"

"实验！在人身上做实验，您是这个意思吗？"

"确实如此。这是唯一可行的方法。"

"但是……都是什么样的人呢？"

"无法适应这里的人。"阿里斯提德先生说，"对这里的生活感到不适，总是不合作。他们就是最好的实验材料。"

希拉里的手指紧紧抠着沙发垫。这个笑容满面、脸色蜡黄的小老头看起来冷酷无情，让她感到深深的恐惧。他说的一切都是那么有理有据，逻辑和条理清晰，这使得恐惧进一步加深。这里坐着的不是一个口出狂言的疯子，而是一个拿自己的同类当作实验材料的人。

"您信仰上帝吗？"她问道。

"我当然信仰上帝了。"阿里斯提德先生挑起眉毛，似乎感到极为震惊,"我告诉过您了,我是一个信徒。上帝赐予我超能力、金钱和机遇。"

"您读过《圣经》吗?"

"当然了,夫人。"

"那您记得摩西和亚伦对法老说过的话吗?让我的人民自己走吧。"

他笑了。

"那么,我是法老了?而您是摩西和亚伦的合体?夫人,您是想这么说吧?让这些人走,所有人……还是您在特指某个人。"

"我指的是……所有人。"希拉里说。

"但您心知肚明,亲爱的夫人。"他说,"您说这些只是在浪费时间。我再问您一次,您是想替您丈夫求情吗?"

"他对您没什么用处。"希拉里说,"您现在肯定已经感觉到了。"

"可能您说的是对的,夫人。是的,我对托马斯·贝特顿深感失望。我曾以为您的出现或许能让他焕发活力。毫无疑问,他聪明绝伦,在美国他声名显赫。但是您的到来貌似没起什么作用。当然,这不是我个人的判断,是权威人士出具的报告显示的——那些一直跟他一起工作的科学家。"他耸耸肩,"他做了一些细微的一般性工作,再无其他了。"

"被圈养的鸟儿无法高歌。"希拉里说,"可能有些科学家在这样的环境下就是无法发挥自身的创造力。您要承认这话说得很有道理。"

"确实。我不否认。"

"那就把托马斯·贝特顿从您的失败名单中划掉吧,让他回到外面的世界吧。"

"这恐怕办不到,夫人。我还没做好准备让外界知晓这里的情况呢。"

"你可以让他发誓严守秘密。他会发誓永不透露一个字的。"

"他会发誓的,是的。但他是不会遵守的。"

"他会的!哦,真的,他会的!"

"您这么说是因为您是他的妻子!妻子说的话不能信。当然了,"他向后靠向椅背,双手指尖相对,"当然了,留个人质在这里,可能可以保证他闭嘴。"

"您的意思是?"

"我指的是您,夫人……如果我让托马斯·贝特顿走,您就要留下来做人质。这笔交易您意下如何?答应吗?"

希拉里的视线越过老人,盯着远处的阴影。阿里斯提德先生肯定猜不到此时她眼中浮现出了怎样的光景。她又回到了医院病房,坐在濒死的女人身旁;她在听杰索普说话,记住他的指示。眼下的这个机会可以让托马斯·贝特顿重获自由,只是她要留下,但这样一来她是不是就能完成任务了?她知道——但阿里斯提德先生不知道——事实上并没有真正意义上的人质被扣下,她对于托马斯·贝特顿来说什么都不是。他深爱着的妻子已经死了。

她抬起头,望向坐在矮沙发上的小老头,说:"我想我愿意。"

"您很有勇气,夫人,还很忠诚,愿意奉献。这些都是优秀的品质。那么……"他笑了,"我们之后可以详聊。"

"哦不,不要!"希拉里突然用双手捂住脸,肩膀颤抖着,"我受不了!受不了!这太不人道了。"

"您最好别太在意,夫人。"年迈的男人口气温和地安慰道,"今晚能跟您讲讲我的目的和愿景真是太愉快了。我很喜欢看一个人在毫无准备的时候的反应,特别是像您这样平和、理智、充满智慧的人。但您还是被吓到了,您很抗拒。而且我觉得以这样的方式吓吓您真是一个聪明的计划。最开始您很抗拒,接着您开始思考,深思熟虑后您又觉得这样的安排很合理;就好像它一直存在,司空见惯。"

"我永远不会这么觉得!"希拉里喊道,"永远不会!永远!永远!"

"啊,"阿里斯提德先生说,"拥有红色头发的人说起话来总是充满激情和反叛精神。我的第二任妻子就是这样。"他追忆道,"她有一头红色的头发,是个美丽的女人,她深爱着我。很奇怪,不是吗?我总是会爱慕红发女郎。您的头发美极了。您身上还有另外一些让我喜爱的东西。您的精神,您的勇气,您有自己的想法。"他叹了口气,"唉!现在的女人,作为女人已经很难引起我的兴趣了。这里有两个姑娘有时会来陪陪我,但我更想要精神上的伴侣。相信我,夫人,您让我精神振奋。"

"要是我把您告诉我的这些对我的丈夫说了,会怎样?"

阿里斯提德先生大度地笑了。

"啊,是啊,假如您这么做了。但您会这么做吗?"

"我不知道。我……唉,我不知道。"

"嗯!您很聪明。"阿里斯提德先生说,"有些事情女人需要保密。但现在您累了,还有点失落。下次我来这里时再叫您过来吧,我们可以再讨论其他事情。"

"让我离开这儿……"希拉里伸出手,"哦,带我离开。带我一起走吧。求您了!求您了!"

老人温和地摇摇头,露出宽容的神色,但这神色背后却有一丝蔑视。

"您说这话就像个小孩。"他语带责备地说道,"我怎么可能让您走呢?我怎么会放任您向全世界散播您在这里看到的一切呢?"

"您不相信我吗?我不会对任何人透露一个字的。"

"不,我当然不相信您。"阿里斯提德先生说,"我还没蠢到会相信这种话。"

"我不想待在这儿。我不想待在这个监狱里。我想出去。"

"您还有丈夫啊。您是自愿来这儿与他团聚的。"

"但我不知道会来到这样一个地方。我什么都不知道。"

"是的。"阿里斯提德说,"您什么都不知道。但我向您保证,您所来到的这个世界可比铁幕下的生活要愉快多了。这里有您所需要的一切!奢侈品,舒服的温度,各种娱乐休闲……"

老人站起身来,轻轻拍了拍她的肩膀。

"您会安定下来的。"他自信地说,"哦,是的,鸟笼里的红毛小鸟会安下心来的。一年或两年,您会很快活的!虽然可能,"他若有所思地补充道,"那时的您就没这么有趣了。"

第十九章

1

第二天夜里,希拉里猛然惊醒,她用手肘支撑着坐起身来,听着。

"汤姆,你听到了吗?"

"是的。直升机……低空飞行。没什么的。这种情况常有。"

"我猜……"希拉里没有把话说完。

她躺在床上思索着,一遍又一遍地琢磨同阿里斯提德先生的那次谈话。

这位老人对她有一种难以言喻的喜爱。

她能利用这一点吗?

她能说服他带她出去吗?重新回到外面的世界?

下一次他来的时候,如果再派人来找她,她要想办法引导他谈谈逝去的红发妻子。肉体上的诱惑对他来说不起作用,他血管里的血太冷酷了,况且他还有"年轻姑娘们"。但老人都喜欢回忆,喜欢去谈论已经流逝的过去……

比如住在切尔滕纳姆①的乔治叔叔……

希拉里回忆起乔治叔叔，在黑暗中笑了起来。

乔治叔叔和百万富翁阿里斯提德，皮囊之下有什么真正的不同吗？乔治叔叔有一位女管家——"真是个踏实可靠的好女人，亲爱的，虽然不太漂亮性感。她相貌平平，但善良理智。"最终乔治叔叔违背家庭的意愿，和这个善良、平凡的女人结婚了。她是个很善于倾听的人……

希拉里曾对汤姆说过什么？"我会找到离开这里的方法的。"但如果这方法是要依靠阿里斯提德先生，就太奇怪了。

2

"终于有消息了。"勒布朗说。

他手下的通信员走了进来，行礼之后将一份文件放在他面前。他打开文件，马上兴奋地喊了起来。

"这份报告来自一位飞行侦察员。他在大阿特拉斯山脉上空的某一区域侦察，当他飞过大山中的某个点的时候，发现有人在发信号。是摩斯电码，重复了两次。就是这个。"

他把附件拿给杰索普看，并用铅笔单独勾出最后两个字母。

COGLEPROSIESL

"SL。这就是我们的专用密码，代表'不要回答'。"

"而这段密码的开头，COG，"杰索普说，"是我们的识别

---

① 切尔滕纳姆是英国西南部的城市。

号。"

"剩下的部分就是信息内容了。"勒布朗画出那些字母:"LEPROSIE",疑惑地审视着。

"麻风病?"杰索普说。

"什么意思?"

"这个区域内有与麻风病有关的重要建筑吗?不那么重要也行。"

勒布朗展开一张大地图,用被烟熏黄的粗短手指指着一处。

"这里,"他点了点,"是我们这位飞行员的侦察区域。现在让我看看。我似乎记得……"

他离开了房间,很快又回来了。

"我找到了。"他说,"这里有一处非常著名的医学研究站,是由一位知名慈善家捐资修筑的——顺便一提,那地方荒凉至极。那里在进行大量有价值的关于麻风病的研究工作,还收容了约两百名患者。另外设有癌症研究部和肺病疗养院。这些信息都是真实可信的。那里的声誉极高,美国共和党主席也是资助人。"

"明白了。"杰索普赞赏地说,"这个掩饰相当高明。"

"但那里是随时可供参观的。对这些方面感兴趣的医学界人士都可以去访问。"

"却看不到很多东西!为什么呢?因为这家尊贵的机构所制造的氛围是无耻勾当的绝佳伪装。"

"我认为,这里很有可能是供那一小队人中途休息的中转站。"勒布朗猜测道,"一两位有过类似经验的来自中欧的医生就能安排得顺顺利利。然后一小队人,比如我们正在追踪的那几位,就可以在这里藏匿几周,之后再继续上路。"

"我想可能不止如此。"杰索普说,"我认为这里有可能是……旅程的终点。"

"您认为这个地方……不止这么简单？"

"一座麻风病院在我看来很有启发性……我相信，在当代的医疗条件下，麻风病已经可以在本地治疗了。"

"在文明的国度或许可以，但在这样一个国家，做不到吧。"

"可能吧。但麻风病这个词仍然会让人想到中世纪，要给麻风病人系上铃铛，提醒路过的人。麻风病院不会吸引单纯有好奇心的人，如您所说，只有对此地进行的医学研究感兴趣的专业人士才会去参观，或许还有一些社工，他们想要去了解麻风病人的生活条件——这些毋庸置疑都是值得称赞的。但是在慈善事业之下，什么事都有可能发生。对了，谁拥有这片土地？是谁资助修建这处麻风病院的呢？"

"这很容易查。稍等。"

勒布朗很快就回来了，手里拿着一份官方资料。

"是由一家私人企业赞助的，背后的慈善家代表是阿里斯提德先生。您知道他吧，一位非常有钱的大亨，对于慈善事业一向大方，在巴黎和赛维利亚都修建了医院。这个地方主要是他主导的，其他的慈善家不过是辅助。"

"这么说……这里是阿里斯提德的一项事业。奥利芙·贝特顿在菲斯的时候，他也在那里。"

"阿里斯提德！"勒布朗领悟了其中的深意，用法语叫道，"这不一般！"

"是的。"

"真是难以相信。"

"的确。"

"总之……太令人惊恐了。"

"确实。"

"您真的意识到这有多可怕了吗?"勒布朗激动地挥舞着手指,"这个阿里斯提德,他的触角插入了各个方面。几乎任何领域都有他的身影,银行、政府、制造业、军备、运输!他极少出现在大众面前,人们甚至很少听到他的消息!他坐在一座西班牙古堡的温暖房间里,吸着烟,偶尔在一张小纸条上随便写几个字然后扔在地上,秘书会跪在地上捡起纸条,几天之后,一位非常重要的银行家就在巴黎饮弹自尽!这就是他!"

"勒布朗,您的反应太夸张啦!但其实没什么好惊讶的。国家总统和部长发表重要演说,银行家坐在奢华的桌子后面说一大堆废话,但所有重要的事件可能都是由一个矮小的老头操控的,这并不值得惊讶。这一系列失踪事件的背后主使都是阿里斯提德,其实我一点都不惊讶——事实上,如果我们之前稍有察觉,早该知道了。这起事件就是一个巨大的商业陷阱,丝毫不涉及政治。那么,当前的问题是,"他补充道,"下一步该怎么做?"

勒布朗的脸色沉了下来。

"您应该也知道,接下来会很不容易。如果我们判断错了——我简直不敢想象!即便我们是对的,也要先去证明我们是对的。假设提出去现场调查,也很可能会被上级下令取消——最上级的领导,您明白吗?不会很容易的……但是,"他晃着粗短的食指,说,"我们还是要去做!"

第二十章

汽车沿着山路行驶，在一扇建在岩石中的大门前停住。一共有四辆车，第一辆车上坐着一位法国部长和一位美国大使；第二辆车上是一位英国领事、一位议员和警察局长；第三辆车上坐着前皇家学会的两位会员和两位记者。这几个人都带了陪同人员。第四辆车上坐着的人对普通大众来说不太熟悉，但在他们的领域是行业翘楚，里面就包括勒布朗上校和杰索普先生。穿着整洁的制服的司机打开车门，弯下身子将尊敬的访客们请下车。

"我只有一个愿望，"部长略显忧郁地嘟囔着，"就是不要染上任何一种传染病。"

一位陪同人员立即安慰道："不用担心，部长先生。我们采取了完备的预防措施。病人会与您保持距离的。"

这番话让年迈忧心的部长轻松了不少。美国大使说如今对这类疾病已经有更好的治疗方式了，大众也有了更深入的了解。

大门打开。门口站着一小群人，在列队欢迎来客。皮肤黝黑、身形健硕的院长，高大、金发的副院长，以及两位著名医生和一位知名化学家。大家致以法国式的欢迎，热情而持久。

"我希望阿里斯提德先生不会因为健康状况不佳而失约。"部长说道。

"阿里斯提德先生昨天就从西班牙飞到这里了,"副院长说,"他在里面恭候各位。尊敬的……部长阁下,请允许我为您领路。"

来访者们跟在他后面。依旧有些不安的部长阁下望着右边坚固的护栏,发现那些麻风病人站在离护栏很远的地方。部长先生看上去没那么紧张了,他对麻风病的认知还停留在中世纪。

在现代奢华的休息室里,阿里斯提德先生等候着他的客人们。大家互相点头致意,问候着,介绍着。穿着当地白色长袍、戴着头巾的黑脸仆人为客人们端来了餐前酒。

"先生,您这里可真是棒啊!"一位年轻的记者对阿里斯提德先生说。

后者做了一个东方手势。

"这个地方让我很自豪。"他说,"可以这么说,这是我的绝笔。我给人类最后的礼物。不惜重金打造。"

"在我看来,"一位医生热诚地对来客们说道,"这里是专业人士的理想乐土。在美国,我们工作的条件相当不错,但和这里相比……而且我们成果颇丰!是的,先生们,我们自然成果颇丰。"

他的热情颇具感染力。

"我们必须感谢您这项私人事业。"美国大使礼貌地向阿里斯提德先生低头致意。

阿里斯提德先生谦虚地说:"上帝一直对我很仁慈。"

窝在椅子里的阿里斯提德先生活像只黄色小蟾蜍。议员正跟又老又聋的前皇家学会的会员低声说着,阿里斯提德先生所创建的就是一个好笑的矛盾体。

"这个老无赖可能会毁掉成千上万条人命。"他说道,"他有那么多钱,却不知道该怎么花,于是左手付给右手。"

年迈的前皇家学会会员回应道:"真想知道花费如此巨大,做出了什么成果。人类的很多伟大的发明都是由相当简易的设备做出来的。"

寒暄完毕,餐前酒也喝完了,阿里斯提德先生说道:"那么现在,请原谅我只能简单地陪伴各位到这里。接下来由范·海德姆博士接待大家。这些日子我必须严格控制饮食。欢迎宴之后诸位就可以自由参观了。"

友好的范·海德姆博士带领大家去了餐厅。在乘坐了两小时的飞机加一小时的车程之后,每个人都感到饥肠辘辘。食物可口极了,部长对此大为赞赏。

"我们享受着最先进的条件。"范·海德姆博士说,"新鲜的蔬菜和水果一周两次空运过来,肉制品和禽类也有类似的安排。当然,我们这里还有很多冷冻设备。身体是科研的本钱嘛。"

进餐时有配餐葡萄酒,饭后还有土耳其咖啡。接着客人们开始参观,两个小时的参观内容极其丰富。法国部长在视察结束后表示相当满意。闪闪发光的实验室和无穷无尽的洁白闪耀的走廊让他眩晕,更让他眩晕不止的是大量的科研资料。

对部长先生来说是例行公事,但队伍里的其他人可是有目的而来的。有人提出与居住条件等一些细节相关的问题,范·海德姆博士表示很愿意为访客们展示这部分。此次访问勒布朗和杰索普名义上是分别陪同法国部长和英国领事的,众人返回休息厅的时候,他们俩故意走慢了几步。杰索普拿出一只声音很大的老式怀表来看时间。

"没有线索,什么都没有。"勒布朗有些激动地抱怨道。

"也没有痕迹。"

"亲爱的朋友,我认为您找错了目标,惹大麻烦了!我们花了好几周时间才策划了这次访问!对我来说……简直是断送前程。"

"我们还没有完全失败,"杰索普说,"我们的朋友就在这里,对此我很肯定。"

"可没有他们的痕迹。"

"当然不会有的。这里的人是不会让他们留下踪迹的。事先早就准备好一切,来对付我们这种官方参观团了。"

"那我们要怎么拿到证据呢?听着,没有证据就等于没用。他们都不相信,所有人。法国部长、美国大使、英国领事,他们全都不认为阿里斯提德先生这样的人值得怀疑。"

"冷静,勒布朗,保持冷静。听我说,我们还没有失败。"

勒布朗耸耸肩。"我的朋友,您真乐观。"说完他转身跟随行的一个圆脸年轻人说了几句话,接着又转向杰索普。他疑惑不解地问:"您笑什么呢?"

"拜先进设备所赐,最新款的盖革计数器确实更加精确了。"

"我不是个科学家,我听不懂。"

"我也不是。但这只敏感度极高的放射性探测器告诉我,我的朋友就在这里。这座建筑是有意修得仿若迷宫。所有的走廊和房间都一个样,使得人们很难弄清所在的位置以及整座建筑的构造。肯定有我们还没看到的部分,不能向我们展示的部分。"

"您推测出这个结论仅仅是因为这里有放射性?"

"没错。"

"也就是说,又发现那位夫人的珍珠了?"

"是的。用您的说法,就是我们还在玩'韩塞尔与葛雷特[①]'

[①] 出自《格林童话》中的《韩塞尔与葛雷特》(*Hansel and Gretel*),故事讲述韩塞尔和葛雷特两兄妹被继母扔在大森林中,迷路的他们来到了女巫的糖果屋,差点儿被女巫吃掉,但他们凭借机智与勇气打败了女巫,又循着留下的面包屑的痕迹,找到了回家的路。

的把戏。但这里的面包屑不像珍珠项链上的珍珠或涂了磷的手印那么清晰。我们看不到，但能感应到……通过放射性探测器……"

"但是，上帝啊，杰索普，这样就够了吗？"

"会有用的。"杰索普说，"我担心的是……"他没有说完。

勒布朗接着他的话说了下去。

"你担心的是这些人到时候会不承认。他们一开始就不想承认。是的，就是这样。包括你们那位警惕的英国领事。你们的政府在很多领域与阿里斯提德先生有债务纠纷。至于我们的政府，"他耸耸肩，"据我所知，那位部长先生，他很难被说服。"

"我们不能寄希望于政府。"杰索普说，"政府官员和外交官员都受牵制。我们需要他们，是因为只有他们有权利来这里。但说到信任，我倾向于寄托在其他地方。"

"我的朋友，您把您的信任寄托于何处呢？"

杰索普严肃的脸上突然绽放出一个笑容。

"别忘了媒体们。"他说，"记者能嗅到大新闻，他们不愿意息事宁人，他们会去相信难以置信的事情。另一个让我寄希望的，"他继续说，"是那个耳聋的老头。"

"嗯，我知道你说的是谁。那个半截身子已经埋在土里的人。"

"是的，他耳聋、身体弱、眼睛半瞎。但他忠于真相。他曾是最高法院的首席大法官，即便耳聋眼瞎、脚步蹒跚，但他的头脑还跟以往一样灵活。他保持着法律专家特有的敏锐，能马上意识到可疑之处，或是否有人在试图掩盖什么事，生怕曝光。他懂得倾听，愿意倾听，我们可以对他说我们的证据。"

二人也回到休息室。有茶和葡萄酒。法国部长不断向阿里斯提德先生表示祝贺，美国大使也补充了几句。接着部长环视四周,声音略带紧张地说:"那么,先生们,我想是时候跟友善的主人告别了。我们来看了想看的一切……"他故意强调了最后几个字,"那么了不起。全是一流的设备!我们要对主人的盛情款待深表谢意,并祝贺他在这里取得的成就。现在,我们可以告别了,对吧?"

这段惯常的套话说得足够清楚,说话人的举止也礼貌周到,扫视四周的举动也可以用最后的致意来解释。但其实这段话话里有话。实际上部长先生是在说:"先生们,你们都看到了,这里什么都没有,没什么值得怀疑或害怕的。现在我们能问心无愧地轻松离开这里了。"

但是有人在沉默中发声了。是杰索普先生那镇定、礼貌、有教养的英国绅士所特有的声音。他用带有英国语调的标准法语询问法国部长。

"先生,希望您允许,"他说,"我想请问我们友善的主人能否帮我个忙。"

"没问题,没问题。当然了,呃……是杰索普先生,对吗?"

杰索普目光严肃地看着范·海德姆博士,假装不去看阿里斯提德先生。

"我们在这里见了许多人。"他说,"真是目眩神迷。但是我的一位老朋友在这里,我想跟他聊聊。不知能否在离开之前安排我们见一面?"

"您的一位朋友?"范·海德姆博士礼貌而惊讶地问道。

"哦,实际上是两位朋友。"杰索普说,"有一位是女士,贝特顿太太。奥利芙·贝特顿。我相信她丈夫在此工作。汤姆·贝特顿。之前他在哈韦尔工作,更早的时候就职于美国。走之前我想跟他们说说话。"

范·海德姆博士的反应堪称完美。他惊讶地睁大眼睛,皱着眉,显得迷惑不解。

"贝特顿……贝特顿太太,哦,恐怕我们这里没有这么个人。"

"另一个朋友是个美国人,"杰索普说道,"安德鲁·彼得斯。我想他是研究化学的。先生,我说得对吗?"他谦恭地望向美国大使。

美国大使是一个机敏的中年男人,有一双锐利的蓝色眼睛。不但拥有外交才华,还是个极富魅力的人。他与杰索普的眼神交汇了,沉默了足足一分钟后开口道:"是的。是这样的,安德鲁·彼得斯。我也想见见他。"

范·海德姆的惊讶之情更加强烈了,但依旧保持着礼貌的态度。杰索普默默地瞟了一眼阿里斯提德。那张蜡黄的小脸不为所动,毫不惊讶,也不见焦虑,看上去完全不感兴趣。

"安德鲁·彼得斯?阁下,我恐怕您搞错了吧。我们这里没有这个人。我从未听过这个名字。"

"您听说过托马斯·贝特顿这个人吗?"杰索普问道。

范·海德姆只迟疑了一下,便微微转头看向坐在椅子上的小老头,但很快又转了过来。

"托马斯·贝特顿,"他说,"是的,我知道他,我想……"

一位记者迅速抓住了这条线,他说:"托马斯·贝特顿,他可是个上过头条新闻的人物。六个月前他失踪了,上了头条。全欧洲的报纸都登了。警察们一直在到处找他。您的意思是他一直待在这里?"

"不、不。"范·海德姆厉声道,"我恐怕是有人在误导你们。可能是个骗局。你们今天已经见到了在这个地方工作的所有人。

你们看到了这里的一切。"

"我认为恐怕不是所有的。"杰索普镇定地说,"还有一个叫埃里克森的年轻人。"他补充道,"还有路易·巴伦博士,或许还有一位卡尔文·贝克夫人。"

"啊,"范·海德姆似乎得到了某种启示,"他们都在摩洛哥遇难了——飞机事故。我想起来了。最起码我记得埃里克森和路易·巴伦博士在那次事故中遇难了。啊,法国在那一天遭受了重大的损失,像路易·巴伦博士那样的人才是无法被取代的。"他摇摇头,"我还是记不起卡尔文·贝克太太,但似乎确实有一位英国或美国女士在那架飞机上,很有可能就是你所说的贝特顿太太。哦,那次事故真是太惨烈了。"他以质询的目光看向杰索普,"我不明白,先生,为什么您认为这些人来了这里?可能是因为巴伦博士在北非的时候提过想来这里访问,于是给了您这种错觉?"

"这么说,"杰索普说,"我搞错了?这些人没有一个在这里?"

"我亲爱的先生,他们在飞机事故中丧生了,可怎么来这里啊?我听说尸体都确认了。"

"尸体都被烧得面目全非,无法辨认了。"杰索普故意强调最后几个字。

有人在他身后微微动了一下。接着,一个尖细虚弱的声音清晰地说道:"您的意思是,尸体可能认错了?"阿尔弗斯托克勋爵身子前倾,用手扯着耳朵问道,浓眉下的锐利双眼盯着杰索普。

"勋爵,至少外表无法辨认。"杰索普说道,"并且,我有理由相信这几位从那次事故中生还了。"

"相信？"阿尔弗斯托克勋爵尖细高亢的语调中带有一丝不快。

"我应该说我有他们还健在的证据。"

"证据？什么证据，呃……杰索普先生。"

"贝特顿夫人离开菲斯去往马拉喀什的时候戴着一串珍珠项链，"杰索普说，"我们在离飞机坠毁地半英里处发现了这串珍珠项链中的一颗珍珠。"

"您怎么确定那颗珍珠就是贝特顿夫人所戴的珍珠项链中的一颗？"

"因为那串项链的每颗珍珠都标有记号，那记号裸眼是看不到的，只有在高倍放大镜下才能看到。"

"谁做的记号？"

"是我做的，阿尔弗斯托克勋爵，当着我一位同事的面做的。那位同事今天也在这里，就是勒布朗先生。"

"您做的记号——您为什么要给这些珍珠做记号呢？"

"勋爵先生，我认为贝特顿太太能引导我们找到她的丈夫，托马斯·贝特顿，而他应该被逮捕。"杰索普继续说道，"后来我们又找到了两颗珍珠。都是在飞机坠毁的地方到这座麻风病院之间的路上找到的。我们询问了捡到珍珠的地方住的人，得知有人看到过六个人，且外貌描述跟那六个在飞机事故中丧生的人颇为相似。这几位乘客中的一位戴着一只涂有磷的手套，有人在一辆开往这里的汽车上看到了这只手套。"

阿尔弗斯托克勋爵的声音变得有些干涩，他公正地说道："非同寻常。"

坐在大椅子里的阿里斯提德先生动了动，眼皮迅速地眨了眨，问道："你们发现的这群人留下的最后的踪迹是在哪里？"

"先生，是在一个废置的机场。"接着杰索普说出了准确的地点。

"那里离这里有上百英里。"阿里斯提德先生说，"就算您那有趣的猜测是正确的，什么为了掩藏真相伪造了一场飞机事故，我想，这些乘客也一定早就从这个机场启程，飞往下一个未知的地点了。这个机场距离这里有上百英里，我真不知道您为何认为这些人在这里。他们为什么会在这里呢？"

"先生，我有很充分的理由。我们的一架侦察机飞过您这里时捕捉到了一个信号，接着被送往勒布朗先生那里。是一个带识别密码的信号，内容暗示这些人就在这座麻风病院里。"

"真是太厉害了。"阿里斯提德先生说，"太厉害了。但是在我看来，无疑是有人想要误导您。那些人不在这里。"他平静而肯定地说，"如果你们愿意的话，就请仔细搜查吧。"

"我想我们什么也查不到，先生。"杰索普说，"即便来一次搜查。"他又谨慎地补充道，"不过有一个地方我确实想查查。"

"可以！哪里？"

"从第二实验室出来的第四条走廊，向左走到尽头的地方。"

范·海德姆突然颤抖了一下，打翻了桌子上的两个杯子。杰索普笑着看向他。

"您看看，博士，"他说，"我们的消息灵通吧。"

范·海德姆厉声道："荒谬可笑。可笑极了！您的意思是，我们违背他们的意愿囚禁了他们。我对此完全否认。"

法国部长不安地说："我们好像触到死局了。"

阿里斯提德先生温和地说："真是个有趣的推测。但也只是个推测罢了。"他看看表，"先生们，我建议你们现在赶紧离开。机场离这里很远，如果你们误了飞机，会引起恐慌的。"

杰索普和勒布朗都意识到现在到了紧要关头。阿里斯提德正在动用他全部的个人影响力,他觉得这些人不敢违抗他的意志。如果他们坚持搜查,就意味着公开违抗他。法国部长背负着上级指令,明显急于服从。而警察局长完全听命于部长。美国大使对此不是很满意,但是因为外交原因,他也在迟疑是否要坚持下去。英国领事不得不紧紧追随前两位的脚步。

至于记者们——阿里斯提德开始考虑记者,他认为他们都可以被收买,虽然可能要付出很大的代价。即使不能被收买,也肯定有其他办法。

杰索普和勒布朗呢,他们知道了内幕,这很明显。但没有官方支持,他们无计可施。他的眼神与跟他一样老迈的人的眼神相遇了,那双眼睛冷静而公正。他知道,那个人是无法被收买的。但是最终……他的思路被一个冷峻而清晰的声音打断了,那声音像是从很远的地方传来的。

"我的意见是,"那个声音说道,"我们最好不要匆忙离开。因为看起来这件事有进一步调查的必要。既然有人提出了严肃的指控,我认为就不能不管。要给提出反论的人同样公平的机会。"

"每个人都有权举证。"阿里斯提德先生说道,以一个优雅的手势指了指在场众人,"但有人提出了一项荒谬的指控,还没有任何证据支持。"

"有证据。"

范·海德姆惊讶地转过身。一位摩洛哥仆人走上前去。他个子很高,穿着绣了花的白色长袍,裹着头巾,黝黑的脸庞油光发亮。

令人震惊的是,从黑人的厚嘴唇中发出的,是来自大洋彼岸的纯正美国口音。

"有证据可以支持。"那人说,"我现在就来说说。那位先生刚刚否认安德鲁·彼得斯、托基尔·埃里克森、贝特顿夫妇及路易·巴伦博士在这里。这是谎话。他们全都在这儿——我可以代表他们发声。"他向美国大使走去,"先生,您大概是没认出我。我就是安德鲁·彼得斯。"

阿里斯提德先生口中发出微弱的嘶嘶声,接着他靠向椅背,脸上面无表情。

"这里藏着一群人。"彼得斯说,"来自慕尼黑的施瓦茨、海尔格·尼达姆,英国科学家杰弗莱和戴维森,来自美国的保罗·韦德,还有意大利人里克切提、比安卡和莫奇森。他们全都在这里。只是因为被隔离的高墙挡着,你们才看不到。这里还有一套秘密实验室呢,全都建在岩石里。"

"上帝保佑。"美国大使脱口而出。他认真审视着那个看上去很高贵的非洲人,接着笑了起来。"现在我依旧不敢认你。"他说。

"我的嘴唇被注射了石蜡,先生,身上用了黑色素。"

"如果你是彼得斯,应该知道你在联邦调查局的编号吧?"

"八一三四七一,先生。"

"没错。"美国大使说,"那你另外那个名字的缩写是什么?"

"BAPG,先生。"

美国大使点了点头。

"这个人就是彼得斯。"他看向法国部长说。

部长迟疑了一下,接着清了清嗓子。

"您的意思是,这些人是被囚禁在这里的,违背了他们的意愿?"他问道。

"有些人是自愿的,阁下,有些人不是。"

"在这种情况下，"部长说，"就需要留下口供了……嗯……是的、是的，需要口供。"

他看向警察局长。后者走上前去。

"请稍等片刻。"阿里斯提德先生举起手，用温和而清晰的声音说，"看起来，在这里，我的信誉被滥用了。"他用冷酷的眼神扫过范·海德姆和院长，带着无法缓和的愤怒，"先生们，你们在对科学的狂热下都做了些什么啊。这里的事我不是很清楚。我资助这里，纯粹源自我对科学研究的兴趣。我并没有参与政策的制定和实施。院长先生，我奉劝您，如果这些控告有事实根据，我们应当立即将被拘禁的人放了。"

"但是先生，这不可能。我……这将会……"

"任何这一类的实验，都要终止。"阿里斯提德先生说，如金融家般的平静眼神扫视了一番客人们，他说，"先生，我想我不用向你们发誓吧。如果这里进行着什么非法的勾当，也都与我本人无关。"

因为他的财富、权势和影响力，于是可以将这句话理解为一道命令。阿里斯提德先生，世界名人，不会牵扯进这起事件中。不过即便他不会受什么影响，依旧不能改变这是一次失败。他无法达到目的了，不能如预想中那样从这个智力联盟中获得巨额利润了。阿里斯提德先生面对失败向来是坦然的，事业生涯中不时会遇到失败，他会运用哲学的思维去接受，然后东山再起。

他比画了一个东方式的手势，说："我不再插手这件事了。"

警察局长跃跃欲试。他得到了指示，他明白这个指示，并准备倾尽全力。

"我希望没人阻拦。"他说，"我有责任对这里进行全面搜查。"

范·海德姆脸色惨白，走上前去，说："请您随我来，我带您去看备用房间。"

第二十一章

"哦,我觉得像从噩梦中惊醒了一样。"希拉里叹了口气说。

她伸直胳膊。此时他们坐在丹吉尔一家酒店的露台上,是今早乘坐飞机来到这里的。

希拉里继续说道:"这些是真的吗?不可能是真的!"

"确确实实发生了。"汤姆·贝特顿说,"但我赞同你的说法,奥利芙,这就是一场噩梦。啊,还好我们脱身了。"

杰索普也来到露台,坐在他们身旁。

"安迪·彼得斯在哪儿?"希拉里问。

"他很快就过来。"杰索普说,"他有点事要忙。"

"这么说,彼得斯是你们的人?"希拉里说,"他把夜光磷涂在手套上,随身带着有放射性的钴制烟盒。我真是一点都没发觉。"

"你们都很谨慎。"杰索普说,"不,严格来说,他不是我们的人。他代表着美国。"

"您说如果我真的找到了汤姆,就能得到保护时其实是这个意思吗?您是指安迪·彼得斯?"

杰索普点点头。

"我希望您不要责怪我。"此时的杰索普又像猫头鹰一样了,

"我没能帮助您达成目标。"

希拉里疑惑不解。"什么目标?"

"更为光明正大地自杀。"他说。

"啊,那个!"她难以置信地摇摇头,"现在看起来这与其他事情一样不真实。我做了这么长时间的奥利芙·贝特顿,再次回到希拉里·克雷文的时候我都有点糊涂了。"

"啊。"杰索普说,"那是我的朋友勒布朗。我要离开一下去跟他聊聊。"

他跟他们告别,走下了露台。汤姆·贝特顿马上说道:"能再为我做件事吗,奥利芙?我还是喊你奥利芙吧,我已经习惯了。"

"好的,当然可以。做什么?"

"跟我一起走下露台,然后你回到这里,告诉他们我已经回房间休息了。"

她不解地看着他。

"为什么?你要——"

"我想离开,亲爱的,离开这里是最好的选择。"

"离开,去哪儿?"

"任何地方。"

"为什么要这么做?"

"动动脑子,我亲爱的姑娘。我对眼下的情况一无所知。丹吉尔是一个古怪的地方,它不属于任何一个国家。但是我知道,如果我们去直布罗陀,当我们抵达的时候,第一件事就是我会被逮捕。"

希拉里有些担心地看着他。从组织逃脱的兴奋感让她都忘了贝特顿的麻烦事了。

"你是说《政府保密法》或是其他类似的法规吗？但你是不可能逃脱的。汤姆，你能去哪儿？"

"我告诉过你了，任何地方。"

"但是这可行吗？你需要钱，还会遇到各式各样的麻烦。"

他微微一笑。"钱不是问题。我有钱，存在一个新的账户里，随时可以取用。"

"这么说，你拿了他们的钱。"

"当然了，我拿了他们的钱。"

"他们会抓到你的。"

"这不容易。奥利芙，你还没意识到吗？我现在的容貌已跟过去迥然不同。这就是我一直对整容手术如此热衷的原因，这是事情的关键。离开英国，银行账户，改头换面，这样我就能安度余生了。"

希拉里不解地看着他。

"你错了。"她说，"我敢肯定你错了。还是回到英国、面对现实的好。毕竟这不是战争时期，你只会被判很短的刑期。余生都被追捕又有什么好呢？"

"你不明白。"他说，"你从一开始就不明白。来吧，我们走吧，没时间磨蹭了。"

"但是你要如何离开丹吉尔？"

"我早就计划好了，不用担心。"

她从座位上起身，跟着他慢慢走下露台。她感到内心很不安稳，不知道要说什么好。她已经完成了和那个死去的女人——奥利芙·贝特顿——的约定，不用再做什么了。虽然和汤姆·贝特顿亲密地共同生活了几周，但她感觉他们彼此还是陌生人，既没有伴侣之间的感情，也没有朋友的情谊。

他们走到了露台的尽头，那里有一扇小门，穿过小门是一条狭窄的小路，沿着这条路下山，可以走向港口。

"我要走了。"贝特顿说道，"没有人看到吧。再会！"

"祝你好运。"希拉里缓缓地说。

她站在那里，看着贝特顿走向小门，扭开门把手。当门打开的时候他后退了一步，停了下来。有三个男人站在门口。其中两个走了进来。为首的那个用正式口吻说道："托马斯·贝特顿，我这里有你的逮捕令。在你被引渡回英国之前，要先在这里关押。"

贝特顿猛然转身，但是另一个人已迅速走到他面前。他只好转了过来。

"好极了。"他说，"但是我不是托马斯·贝特顿。"

第三个人也走了进来，站在那两个人身旁。

"啊，是的，你就是。"他说，"你就是托马斯·贝特顿。"

贝特顿笑了起来。

"你近一个月来一直和我生活在一起，你听别人叫我托马斯·贝特顿，我也自称托马斯·贝特顿，但关键是我不是托马斯·贝特顿。我在巴黎遇到了贝特顿，然后来到这里顶替了他的位置。如果你们不相信的话，请问问这位女士。"他说，"她来这里跟我会合，装作是我的妻子，我也将她认作我的妻子。是这样的，对吗？"

希拉里点点头。

贝特顿继续说道："我不是托马斯·贝特顿，自然也不认识托马斯·贝特顿的妻子。我以为她就是托马斯·贝特顿的妻子。当然，我需要编造各种解释让她安心。但那些都不是真的。"

"所以，这才是你装作认识我的原因！"希拉里惊叫道，"你还让我继续演下去——其实全是骗局!"

贝特顿自负地笑了。

"我不是贝特顿。"他说,"看看贝特顿的任何一张照片,你都会发现我说的是真的。"

彼得斯走上前。他开口说话的时候跟希拉里熟知的那个彼得斯完全不同。他的语调是如此平静而坚定。

他说:"我见过贝特顿的照片,确实与你不同。但你就是托马斯·贝特顿,我会证明这一点的。"

他猛地抓住贝特顿,扯开了他的上衣。

"如果你是托马斯·贝特顿,那你的右臂手肘处就有个Z字形的痕迹。"他说。

他一边说着,一边将贝特顿的衣服扯到了胳膊肘。

"就是这个。"他指着疤痕说道,"在美国的两位实验助理也能证明。我知道这个,是因为艾尔莎告诉我你有这个疤痕。"

"艾尔莎?"贝特顿呆若木鸡,他不安地说道,"艾尔莎?艾尔莎怎么了?"

"看看对您的控告都说了些什么?"

那位警官再次走上前去。

"一级谋杀。谋杀您的妻子,艾尔莎·贝特顿。"

第二十二章

"很抱歉,奥利芙,我是真的很抱歉,请你相信我。因为你的原因,我本来想给他一次机会的。我曾跟你说过,他待在组织里会更安全些。我走遍半个地球搜寻他,因为我要让他对艾尔莎所犯下的罪负责。"

"我不明白。我一点都没明白。你是谁?"

"我以为你已经知道了。我是鲍里斯·安德烈·帕普洛夫·格莱德尔,是艾尔莎的表弟。为了完成学业,我从波兰赴美。考虑到欧洲的局势,我舅舅认为我最好加入美国国籍,我就改名为安德鲁·彼得斯。战争结束后我又回到了欧洲,投身反侵略战争,并带着我的舅舅和艾尔莎表姐从波兰离开,去了美国。艾尔莎,我跟你说过,她是当代第一流的科学家。正是艾尔莎发现了ZE裂变。贝特顿是个年轻的加拿大人,他来到曼海姆的实验室,辅助其做实验。他能做好自己的工作,但也就到这里了。他向艾尔莎示爱,跟她结婚,是因为这样一来他就能跟她所从事的科学研究关联起来了。在她的实验即将成功时,他觉察到ZE裂变将带来的巨大影响,就蓄意毒杀了她。"

"啊,不、不。"

"是的,那时没人怀疑。贝特顿表现得心碎欲裂,全身心地投入到工作中去。接着他宣布ZE裂变是他自己的成果。这给他带来了他想要的，名声和人们的交口盛赞，让他成了一流的科学家。他认为离开美国去英国比较明智，之后便去了哈韦尔。

"战争结束后我又在欧洲停留了一段时间。我擅长德语、俄语和波兰语，在那里做了很多有意义的工作。艾尔莎死之前给我写的一封信让我大为不安，她所患的疾病和她的死因都让我无法释怀。后来我返回美国，就开始调查了。我就不说调查的过程了，但我找到了想要的东西，于是我要求尸检。地区律所的工作人员中有个年轻人是贝特顿的好友，那时他正好要去欧洲旅行，我便拜托他当他去拜访贝特顿的时候跟他说说尸检的请求。贝特顿立马精神紧张起来。我认为他那时就和'我们的朋友'阿里斯提德先生的代理人有所接触了。不管怎么说，他找到了逃避谋杀指控的最佳机会。他接受了阿里斯提德先生的条件，他原本就想改头换面。之后所发生的事，就是他发现自己真的被幽禁在这个麻风病院了。而且他无法提供有价值的发现，拿不出科学贡献。因为他压根儿就不是天才。"

"这么说，你跟踪了他？"

"是的。当报纸上满是科学家托马斯·贝特顿失踪的消息的时候，我来到了英国。我的一位相当聪明的科学家朋友告诉我贝特顿与一位女士有过接触，斯比德太太，为联合国组织工作。我抵达伦敦后，发现这位太太跟贝特顿见过面。我欺骗她，说我有'左'的倾向，还夸大了我的科研能力。你知道的，我以为贝特顿去了没人能找到他的铁幕那边。好的，如果没有人能找到他，那我就去找他。"他的嘴唇冷酷地紧闭着，"艾尔莎是一位一流的科学家，也是位美丽温柔的女士。她被自己所深爱的、信任的人给杀死了，那人还抢夺了她的成果。我真想亲自结果了贝特顿。"

"我明白。"希拉里说,"啊,现在我明白了。"

"我到英国后给你写过信。"彼得斯说,"信的署名是我的波兰名。我把事实告诉了你。"他看着她,"我想你是不会相信我的。你从未回信。"他耸耸肩,"接着我去找情报人员。最初我伪装成一位固执、一板一眼的波兰军官。那时我对什么人都心存怀疑。但最后,我认识了杰索普。"他顿了顿,"今早,我的追寻之旅结束了。当局会申请引渡,贝特顿会回到美国接受审判。如果他被判无罪,那我也无话可说了。"

他顿了顿,态度严肃地补充道:"但我知道他不会被判无罪的。证据如此明确。"

他不再说话,盯着临海的阳光花园。

"该死的,你来这里是为了与他团聚,而我却爱上了你。奥利芙,这真是糟透了。我是把你的丈夫推上电椅的那个人,我们无法避开这个事实。这件事你将终生难忘,即使你原谅了我。"他站了起来,"好了,我就是想亲自告诉你这整件事。再会吧!"他猛然转身,希拉里一把拽住了他。

"等等。"她说,"等等。有些事情你还不知道,我不是贝特顿的妻子。贝特顿的妻子——奥利芙·贝特顿,死在了卡萨布兰卡。杰索普劝说我来顶替她。"

彼得斯扭过身来,目不转睛地盯着她。

"你不是奥利芙·贝特顿?"

"嗯。"

"谢天谢地。"安迪·彼得斯说,"谢天谢地!"他一下子跌坐在背后的椅子上,"奥利芙,我亲爱的。"

"不要叫我奥利芙,我的名字是希拉里。希拉里·克雷文。"

"希拉里?"他有点迷惑地说,"我会习惯这么喊你的。"他攥紧了希拉里的手。

在露台的另一侧,杰索普和勒布朗正在谈论眼下的几个技术性问题,话说到一半忽然停住了。

"你说什么?"他突然问道。

"我说,亲爱的朋友,看来我们还不能对阿里斯提德那个畜生提起诉讼。"

"不能,是的,阿里斯提德总是立于不败之地,他总是能逃出生天。但是他要付出大量的钱财,这会让他很生气。就连阿里斯提德也无法永生。在我看来,在最后的裁决到来之前,他就会一命归西的。"

"我的朋友,是什么吸引了你的注意?"

"那两个人。"杰索普说,"我派希拉里·克雷文去做一次旅行,这次旅行的结果像通常的故事那样完满。"

勒布朗一瞬间有些迷惑不解,但是他猛然意会了,说道:"啊,是的!你们的莎士比亚!"

"你们法国人真是学富五车啊!"杰索普说。

Destination Unknown
Copyright © 1954 Agatha Christie Limited. All rights reserved.
© 2013 Letter for Chinese Reader, New Star Edition by Mathew Prichard.
www.agathachristie.com
AGATHA CHRISTIE, POIROT, and the AC Monogram Logo are registered trade marks of Agatha Christie Limited in the UK and elsewhere. All rights reserved.
Published by agreement with ACL.
Simplified Chinese edition copyright: 2023 New Star Press Co., Ltd.

图书在版编目（CIP）数据

地狱之旅／(英)阿加莎·克里斯蒂著；王璐译. ——北京：新星出版社，2019.4（2023.11 重印）

ISBN 978-7-5133-3529-4

Ⅰ.①地… Ⅱ.①阿… ②王… Ⅲ.①长篇小说-英国-现代 Ⅳ.①I561.45

中国版本图书馆 CIP 数据核字（2019）第 034604 号

午夜文库
谢刚 主持

地狱之旅

[英]阿加莎·克里斯蒂 著；王璐 译

责任编辑：王 欢
特约编辑：赵笑笑
责任校对：刘 义
责任印制：李珊珊
封面插图：宣 和
封面设计：周伟伟

出版发行：	新星出版社
出 版 人：	马汝军
社　　址：	北京市西城区车公庄大街丙3号楼　100044
网　　址：	www.newstarpress.com
电　　话：	010-88310888
传　　真：	010-65270449
法律顾问：	北京市岳成律师事务所

读者服务：010-88310811　　service@newstarpress.com
邮购地址：北京市西城区车公庄大街丙 3 号楼　100044

印　　刷：北京美图印务有限公司
开　　本：910mm×1230mm　1/32
印　　张：7.375
字　　数：132千字
版　　次：2019年4月第一版　2023年11月第三次印刷
书　　号：ISBN 978-7-5133-3529-4
定　　价：42.00元

版权专有，侵权必究； 如有质量问题，请与印刷厂联系调换。